故旧忘れ得べき

Jun TakaMi

高見順

P+D BOOKS
小学館

目次

Should auld acquaintance be forgot,
And never brought to min'?
Should auld acquaintance be forgot,
And auld lang syne?

Robert Burns

第一節

そろそろ頭髪《かみ》をからねばならぬと思いついてから半月経ち、こうボサボサに成ってはどうしても今夜こそはと固い決心をしてからでも、尚三日ばかり経って漸《ようや》くのことで、躑躅《つつじ》の盆栽を沢山並べたその理髪店の敷居を小関は跨《また》ぎ得た。ここは小関にははじめての店で、郊外の町並が切れかかった外れにある、余りはやらない理髪店らしい貧相な内部の様子に、小関は眼を配り、安堵の溜息といっしょに、病気をしたのでと汚い頭に手をやった。不精髯《ぶしょうひげ》をはやした店主は小関が店にはいった時、いらっしゃいともなんとも挨拶しなかったが、この小関の弁解を耳にしても、別段、はアそうですかとも言わず、小関にはそれが小関のウソを咎《とが》める沈黙のようにとれ、瞬間顔をハッと赤くし、赤く成った自分の顔を鏡の中に見ると、小関は一層ドギマギし、椅子に躓《つまず》いたりした。やはり無言の儘《まま》、客の頭に櫛《くし》を入れだした中老の床屋の顔を、鏡を通してチョロチョロとうかがいながら、理髪代位倹約なさらんでもとか、ボウボウにのばした方は大概病気を口実になさるのが手でとか、そのしぼんだいやらしい口許から今にも毒舌が出てきそうでドキドキした。その機先を制するようなつもりで小関は、オール・バックにして下さいと言った。床屋は、え？　と言ってその耳を小関の顔に近付け、小関はギョッとしたが、すぐこのしなびた床屋が耳の遠いことを諒解《りようかい》し、すっかり安心して身体も寛《くつろ》いだ。

小関は元来吝嗇《りんしょく》の性質には相違なかったけれど、強《あなが》ち、床屋銭までケチケチしていた訳ではないのは、四十銭のところをいつも五十銭銀貨を出し釣りを受取らないで帰るところによって分る。然しこれは彼の虚栄心のせいで、内心は十銭損したと悔み、あの十銭にもう十銭ばかりたして岩波文庫の一冊も買った方が遥かに有益であったと考えていたかも分らぬけれど、髪が蓬々《ほうほう》になる迄理髪店に行かぬというのはこれは決して吝嗇の為ではなく、何事によれ不精な性質のひとつのあらわれに過ぎない。不精の裏に、それに劣らぬ神経質がくっついているのが、時々はげしい自己嫌悪に陥らせる程の始末の悪い人間に小関をしていた。気がついた時は、既に髪がひどく延びていて、床屋に行くのがどうも恥ずかしく、明日こそと思いながらずるずると日が経ちだんだん床屋に行くのが怖くなる状態に追いやられ、どうにも仕方なくなってから眼をつぶり生唾《なまつば》を呑み込む勢いで、前のと違った新規の店へ飛び込むのである。随分のびましたねと顔見知りの床屋から言われるのが嫌で、新規の店ばかりを選んではいり、病気のためと誤魔化した。

そう言って真赤に成った顔を痩《や》せた手でつるりと撫でおろす小関の胸は、事実、病みあがりのように動悸《どうき》が全く激しく、それを小関から語られた友人は、そいつは立派な心悸亢進症《しんきこうしんしょう》だと言い、言われた当座は小関は誰彼の区別なく、自慢そうに吹聴《ふいちょう》してニヤリニヤリし、聞き手も小関同様それがどうした病気か知らず、致命的な疾患の名にはいっていないからいずれは頓間《とんま》な故障だろう位に、微笑をもって聞き流していた。妻の豊美《とよみ》には友人と同じく誇りげに、俺は心悸亢進症だよ、文明人の罹《かか》るやまいだよと言っていたが、流石《さすが》に、彼とよく似た苦労性の母親には黙っていたのに、豊美が話してしまったらしく、大変なやまいに取りつかれたような憂い顔を見せはじめ、それが逆に彼に響いて、仲々心もとなく成ってくる仕儀に立至った。折よくそこへそれは軽微の神経衰弱であると言ってくれる友人があらわれ、彼と同じ勤め先のその友人は小動物的な小さくよく動く眼を狡猾《こうかつ》げに四囲に配って、こんな所にいたのでは誰だって神経衰弱に成りますよと言い、その英語雑誌の出版社の悪口を小声ながらとげとげしい調子でしゃべり出した。

小関は大学の英文科を出て、同窓がそれぞれ相応な職業に就いたなかで、彼ひとり勤め口がなく、親戚の中学の英語教師の紹介でどうやらこの出版社にもぐりこんだ。はいった当座三年ばかりはそこから出ている英語雑誌の編輯《へんしゅう》の手伝いをしていたが、社内に英和辞書編纂部《へんさんぶ》が新しく出来るとその方へ廻され、その臨時雇に来て小関と机を並べたのが、この友人であった。多分過労のためだろうが、顔色が極めて悪く、艶《つや》がなく、案外に大柄でガッシリした身体の割に大変小さいその顔は額が狭く、絶えずそこに数条の皺《しわ》を浮べているなど、どう見ても社会の下積みで終始するらしい人相の同僚は、小関の神経衰弱を出版社のせいにしてくどくどと社主の悪辣《あくらつ》さや貪婪《どんらん》ぶりをこきおろしたが、もともとその男が好きでない小関は表面ではふんふんと頷《うなず》いていたけれど、肚《はら》の中ではまるでソッポを向いていた。私立大学の英文科を出たその男は夜学の先生を二校ばかり掛持ちでやっていて、ここでは昼間の四時間、一月三十円の手当で働いているのだが、夜の授業のためここで精力を使うのを惜しんでか、もともと狡《ずる》い性質のためか、部長がいないと居睡りをし、居ても頗《すこぶ》るのろのろと仕事をし、それが小関には妙に癪《しゃく》であった。臨時雇であるため、仕事がなくなると馘《くび》である。辞書の完成が一日でも遅れるだけ、彼には得な訳である。そのため、仕事をサボッているように小関には見え、その汚い根性に腹が立ってならなかった。これは余り穿《うが》ち過ぎていると小関は思い、自分も亦この男と同様社主に搾取されている仲間であるのに、そして学生時分には学内の左翼組織の一員であった自分がこれはなんとしたことだろうと反省し、却って自己嫌悪に襲われる時もあったけれど、さりとてその男を好きになることはできなかった。三十円のはした金とその男は言うが、自分は一月働いて六十円だ。細い仕事のため眼が疲れ、夜は新聞を読むのさえ大儀な位、自分はその六十円で一心に働いている。夜学は愚か、安い翻訳の内職すらできない自分はなんという馬鹿正直な男だろう。そう思いつくと、要領のいいその同僚に腹が立って仕方がないのは、自分の愚直に対する忿懣《ふんまん》を彼に転嫁しているのだと判明し、癪に障るのは他でもない、その男のような真似のできない、己れの愚図さ加減に自ら怒るためであろうと納得しても、それでも矢張り小関はその男に親しめず、それには一種生理的な、理窟で払い難い根があった。——額に手をやり、右手はちゃんとペン軸を握り、仕事をしているような恰好で悠然と彼が居睡りをしているのを見ると、小関はいらいらして来て、わざと大きな咳をしたり、椅子をガタガタいわせて便所に立ったり、嫉妬めいたものが胸にたぎってどうしても邪魔をせずにはいられなかった。隣りでは一枚の原稿がまだ出来上らないのに、こっちは既に三枚も書き上げたりすると、小関は陰険な横目を使いながら、部長にきこえよがしに、さーて三枚上ったぞと言い、大変能率の上った事実とは反対に、今日はいつもより遅いからすこし馬力をかけんといかんわいなどと嫌味を言っても、隣りの男は表情ひとつ崩さず泰然と構え込んでいて、小関は胸のなかがヘンな憎しみで煮えくりかえるような有様なのだった。

　それは兎も角、彼が神経衰弱であろうと言ってくれたその言葉は小関に少なからぬ安堵を与えた。しかし、もとより快く思ってない同僚の言であってみれば、そうでしょう、きっと――心悸亢進ナンテどえらい病気であって堪《たま》るもんですかと、肚の中では盛んに相槌《あいづち》を打ちながら、それを表に出すのは業腹であったから、ほほうというような顔を小関は装っていた。気の弱い小関はどんな人間にでもなんらかの点でひけ目を感じ、一目置くのが常であるのに、この男に対しては、こうも強く出られ、自分を守れるのを小関は顧みて気味が悪かった。

　そしてその神経衰弱だが、さきに心悸亢進症と言われた場合とおなじく、しばらくは、あたかも時候の挨拶でもあるかの様に、他人の顔さえみるとすぐに、僕は最近神経衰弱で弱ってます、神経衰弱でね！　と楽しそうに吹聴していた。そしてだんだんと心配に成ってきた。俺はほんとに神経衰弱かも知れんぞ！　そう思い出すと、彼は前のようにうれしそうなニコニコ顔で自分の神経衰弱を宣伝しなくなり、逆に人から、その後神経衰弱の方はどうですなと問われたりすると、大層ドギマギし、もうなおりました、あれは単に気のせいだったのですよと否定の言葉を強めるのであったが、その取り乱した有様は相手に病気の悪化を感じさせるのに役立つだけだった。表面では、それは結構と言いながら、肚のなかでは、小関も気の毒に大分ひどく成っていると同情する、その相手の心が小関には明瞭《めいりよう》に読み取れ、その同情に対する腹立ちが胸を衝《つ》くと同時に、暗澹《あんたん》たるものが頭に立ち罩《こ》めて来、彼は見事にあわて出した。翌朝、小関は神経衰弱の薬の広告を朝刊で見ると、ハッとして眼を近づけた。患者は注意が散漫になり、一定の観念を追って思索をつづけることが不可能になり、読書の際一貫して要領を摑みこれを銘記することが困難になると広告は言っている。彼は溜息をつき、迚《とて》もいやな顔をして空《くう》を睨《にら》んだ。彼が今まで取っていた「改造」をやめ「オール讀物」に変えてからもう二月になるが、それは学生時分のように「思索をつづけることが不可能」になったからであった。「改造」の固い文字は彼に面白くないだけでなく、事実わからなくなって来たのである。学生の時のように貪《むさぼ》り読む熱意はちっともなく、無理して読んで行っても、徒《いたず》らに眼をさらしているだけで、「一貫して要領を摑む」ことが出来ず、あーあといって投げ出して了《しま》わねばならなかった。そこで軽い読物をと思い、幾分暗い気持に襲われながら雑誌を変えてみたが、この頃ではその軽い物すらあまり眼を通さぬ状態になっていた。新聞もまず眼をもってゆくところは漫画で、ものの一分もたてば見終えるものを、時とすると三十分も一時間もニヤニヤと眺めていて、この男の鼻をもう少し高くし、チョビ髭《ひげ》をつけると誰それに似てくる、このモダン・ガールは漫画の癖にヘンに俺に魅力的である、スカートがもう少し短いともっとエロなのだが惜しいもんだ、腰は一体どの辺かな、俺もこんな女と一生に一度恋愛をしてみたいものだ、こういう女はオゼキサーンと鼻にかかった発音をするだろう、そして滅茶《めちゃ》に甘えることであろう、ところでこのモダン・ボーイだが、チェッ、気障《きざ》な恰好をしてやがら、こいつの声は、歩き方は……等々とそれからそれへと妄想はのびて行って飽くことをしらぬ。ひとりでニヤリニヤリしているその有様に、妻の豊美がたまりかねて彼の手から新聞を取り上げねばいつまで続くか際限がない状態だ。つまりは、頭がヘンになり腐っている証拠だろうと反省するが、さりとて雑誌の論文はおろか、新聞の読物でもちょっとこみいったものは、気が散って一向に頭にはいってこないから、却って頭のだめなのを見せつけられる様で怖ろしく中途で投げ出す訳なのだった。

——もはや立派に神経衰弱だ。小関はそう力み返って側の新聞紙を横目で睨んでいると、豊美が、早くなさらないと遅刻してよと肩に手をかけた。彼は黙って立ち上り、俺は病気だと呟《つぶや》いたが、茶の間の柱時計に眼をやりその長針がすでに十五分過ぎているのを見ると、さア大変と飛び上って叫んだ。社は八時出勤で、郊外の家から牛込の社まで四十分は充分かかった。それネクタイ、それ靴下と豊美をどなる声が一しきりした後、あたふたと家を飛び出し、首を前に突き出してセカセカと歩いてゆく小関の姿は安月給取り丸出しである。

その昼、この哀れな安月給取りは社の近所のメシ屋へ例の嫌いな同僚と一緒に昼飯を食いに行った。定食二十銭也を二人は食い、烏賊《いか》と里芋の甘煮のおかずは小関の、いってみれば嫌いな種類のものであったにも拘《かかわ》らず、傍の同僚がまずい、食えないと眉《まゆ》を顰《ひそ》めたので、それに対する反撥《はんぱつ》から残さず食べることができ、食べればそう口に出して言う程まずいおかずとも思えなかった。隣りはおかずを丸残しにしたまま箸《はし》を置き、それを見ると彼は妙にいらいらして一種ヤケな感じで、新香の沢庵《たくあん》も残さず全部平らげた。安食堂だけにメシの盛りがよく、朝から机に噛り附いたままの身体ではすこし量が多かったけれど、無理に食い、さすがに胸につかえた為もあろうが、彼は不愉快な顔をしてメシ屋を出た。少し遅れて歩いていた同僚は、まずくて食えんと思い出したように舌打ちをし、それが小関の不快をいよいよ駆り立てるとも気付かぬ顔を小関は顧みながら、安いからまずいのは仕方ない、そんなにブウブウ言うなら高い所でたべたらよかろう（家でどんな贅沢をしているのか知らないが、まずいまずいとそう大口を叩ける柄でもなかろう——と、これは肚の中でだが）危く言いそうなところだったが、ぐッとこらえた。余り大人気《おとなげ》ないと思われ同時にこちらで独り勝手に腹を立てているのだからと省ると滑稽で醜態だとすぐ気付き得たからである。過労で顔を蒼《あお》くしているその男にしてみれば、積み重った疲れのため食欲が振わず、なにを食べてもうまくない、それで自ら腹が立ち、おかずに当り散らして僅かに慰めているのかもしれない。そして小関は生来貪欲《どんよく》で食いしん棒であり、食わねば損だという吝嗇《けち》な根性からなんでも詰め込むのかもしれないが、それを自ら気付かぬ儘《まま》に、その意地穢《いじきたな》さを隠そうとする本能的なものが逆に恬淡《てんたん》たる他人の動きを非難させる事情であるかも知れないのである。兎も角、小関は不機嫌な顔をして、同僚と別れて堀ばたに出たが、道の小石を蹴《け》りながら、こう腹が立つのも神経衰弱の故かもしれないと憂鬱であった。堀の土手には色鮮かな青草が生い繁り、彼はしゃがんでその柔い葉をむしっているうち心が次第になごやかになった。水の上を渡ってくる爽やかな風が痩せた彼の頬を撫でながら、この日頃絶えてなかった夢想的なときめきを彼の心のなかに静かに吹き込んで行き、彼は面《おもて》をあげて空を仰いだ。空は青く澄んでいて、夏に近いキラキラした光りが彼の眼に滲《し》み、その刺戟《しげき》で気付かぬうちに出た涙が鼻翼を伝わって流れていた。手の甲でそれを拭いながら、ほんの一瞬前までは、そわそわと楽しく夢想的であった心が忽《たちま》ち侘《わび》しく曇って了っているのに気付き、ほんとに泣いているような恰好であり気持であった。希望があってこそ夢想は楽しい。しかし彼の現在には何の夢があり希望があろうか。しがない勤めに味気ない家庭。何を目当てに一体生きているのだろう。なんのための生活か。そう思うと、今はとめどなく涙も出て来てしまうのである。――楽しかったのは学生時代だけである。あの時分には夢があった。そして彼は過ぎ去った日のことをいろいろと思い浮べているうちに、ある事を不意に思い出し眼が急に輝いて来て、そうだ、俺は神経衰弱ではないぞと言った。同時に昼休みの時間が既に過ぎているのに気付き、土手の砂利道をあたふたと駈け出して行った。

――高等学校の寄宿寮の食堂である。食堂のまわりには屋根を蔽《おお》わんばかりに広闊《こうかつ》な葉を拡げた大きな梧桐《あおぎり》が生えていて、陽の鮮かな夏日の真昼などは、曇り硝子《ガラス》を通して堂内の空気まで気持のいい緑に染めていた。小関はそれを今でもはっきり記憶している。食事開始の鐘がなると、寮生は砂煙をあげてその食堂に雪崩《なだ》れ込むのが常であったが、小関は故意に遅れて行く場合が多かった。彼はその痩せた身体の一体どこにはいるのかと疑われるくらい大飯食《おおめしく》らいで、その癖、食うのが遅く、誰より早く駈けつけても席を立つのは一番遅い有様であった。痩せている癖にメシは人の二倍を食う、否大食をするんで肥れないんだと罵《ののし》られる若者が、どの寮にも一人か二人いて、彼等のうちには飯鉢を側にひきよせて、悠然と食っている神経の太いのもいたが、お前はそんなに餓鬼みたいに食っても消化しないでメシはその儘クソになってしまうんだろう、百姓には困ったもんだ、といった無遠慮な毒舌を平然と聞き流している、そうした豪胆な真似は小関には到底できなかった。従って彼は遅く席に就き、周囲への遠慮なしに独りでのうのうと大飯を楽しむ習慣になり、何かの都合でそれがかなわず、同室の者と共々卓を囲まねばならぬ場合は、急いでカッこもうとしてものも言わずに、実際眼を白黒させて食うのであるが、その意地の穢い醜態さはさぞや周囲の顰蹙《ひんしゆく》を買っていたろうと、後年小関は思いだすたびに汗を催すのである。これは全く汚い貧乏人根性丸出しなのに、虚栄の強い小関は自分が貧乏であるということを寮生仲間から隠すことに全身の神経を使っていた。たとえば、彼が皆の眼をのがれて大飯を食うというのは、生来の貪慾のためもあるが、ひとつは一時にうんと食っておいて、あとを倹約しようという肚もあったからで、欠食の届出をして置くとあとでその分の払戻しがあった。この食費の払戻しで小関は同室の者にコーヒーとか焼鳥などを奢《おご》りいかにも豪遊をするような風を装い、自分はかなり裕福であるといった顔をした。彼の秘密の節約をはじめ知らなかった寮生達は、いつも部屋の隅にこっそりひそんでいて、部屋をあげての放《ほう》蕩《とう》の誘いにも聞いてきかない風をしてついてこない小関が、逆に奢るからとニコニコするのを気味悪く感じながら、偏屈豚児がどうした風の吹き廻しかとワイワイ騒ぎながら街にでた。豚児というのは健児という小関の名を捩《もじ》った蔭の渾名《あだな》で、学生のニック・ネームは公然の呼称であるのが普通だけれど、他の学生のようにあけっぱなしな所がなく、みんなに溶け合わず妙に秘密の翳《かげ》を持った陰性の小関だけは、みなも敬遠して蔭でしか豚児と言わなかった。ところで豚児の秘密はやがて皆の知るところと成り、それに気付かぬ彼は相変らず皆に誘いをかけたが、皆は眼を見合わせて躊躇《ちゆうちよ》し、多少嗜虐的《しぎやくてき》なところのあるトム（友成達雄の友からきた渾名）だけが行こうと言った。どうせ奢るならビールにしろとトムは高圧的に出、なにやかや口実を設けていやがる小関の腕を取ってカフェーにはいり、平生は頑《かたくな》なくらい無口の癖にいつもこういう場合はペラペラとまくし立てずにはおかない小関が、すっかり黙りこくって項垂《うなだ》れてしまったのは、財布の中が心配で、虚栄心を満足させるための折角の享楽が今では苦痛と化した為であったろう。しかし脂汗がじりじりと滲み出たほどの小関の憂慮にも拘らず勘定はトムがあっさり払い、そうなると、小関の今まで硬直していた顔の筋肉が途端に弛《ゆる》み、まるで飲んではいないのにその頰にサッと酔いの赤味さえさして来、店を出るなり、トムの肩に手をやってコリャコリャと叫んだ。先刻の屈辱感もなんのその、カフェーというところへ行って来た以上は、酔わねば損、酔ってなくとも酔払いの真似をしないではウソだといったみたいに、へンな千鳥足をしてはしゃいでいる小関を見ると、友成は多少憂鬱になった。寮に帰り小関は、さも自分が奢ったような顔で、友成君（小関のことをみなは渾名で呼ばぬかわりに、小関もみんなの渾名を使わなかった。）と大声で言い、富士見軒の智恵ちゃんはいい女だなと言った。

扨《さ》て、筆者は思わず脱線をして了ったが、読者にもう一度、例の寮生の食堂にはいって戴きたいと思う。食堂内には細長い食卓が何列も並べてあって、食卓には十人にひとつ位の割で飯鉢が置いてあり、それはすぐ空《から》になるので、給仕！　メシ！　と叫ぶ声が各所で挙っている。その他、箸をくれ、茶をくれ、新香をくれ等々の声が囂々《ごうごう》と渦巻き、食卓に密集している寮生の間をその声に応じて右往左往する給仕たちの板草履《いたぞうり》の音、慣れぬ読者などはその騒然たる気配に圧《お》されて飯粒が咽喉《のど》を通らぬことであろうとおもうが、見ると、そのなかに小関がいる。何か余儀ない事情で、不本意ながら皆と食事をともにしなければならないらしい彼は、周囲の喧囂《けんごう》など更に耳にはいらぬ態で、茶碗を口許近く持って行ったまま一心不乱に食っている。ひとつの食卓には四五部屋の寮生が一緒に向い合って列《なら》んでいるのであるからして、彼の隣りの空きは同室のものとは限らず、茶碗の側に置いてある木札の名は篠原辰也となっており、彼は一室置いて隣りの部屋のものである。篠原辰也は小関が大学に行っても深い交渉を持ち（通常、高等学校時分の交遊は大学に進むと、専攻科が違ったりする関係から一応切れるものである。）この小説に於いても後節で、小関と少々縺《もつ》れた関係に入る人物故、ここで風貌《ふうぼう》性格等の紹介を省くこととするが、その彼がやがて食堂にその長軀《ちょうく》をのっそりと現わした。彼は席にわり込むと、卓上のおかずに、その描いたように美しく濃い眉をひそめて、「代菜《だいざい》」を頼んでおけばよかった、雑多煮という奴はまずくて食えんと呟き、給仕！ 海苔《のり》くれ！ と叫んだ。そして横柄な面構えであたりを見廻したが、彼がまずくて食えんというおかずを既に大半平げていた隣りの小関は瞬間グッと肚にこたえるものがあった。人参《にんじん》、馬鈴薯《ばれいしょ》その他の野菜を豚肉と煮込んだ雑多煮という献立は、ただ篠原にとどまらず一般寮生に頗る不評判で、代りのお菜、即ち「代菜」を申込む者が多く、但しそれは献立発表の当日、つまり前日の夕刻迄に食堂宛届けておかないと、篠原の場合のように「代菜」の海苔を自分で買わなくてはならぬのが規定であった。篠原は海苔で食事をはじめ、雑多煮には一箸もつけぬのを小関は横目で窺いながら、一般の不評判にも拘らず自分にはうまくて仕様がない彼は心安らかでなかった。篠原の態度は己れへのあてつけのごとくに取れ、そう考えると食慾も頓《とみ》に萎《な》え、篠原の侮蔑の眼《まなこ》に抗して食って行くだけの強気も小関は勿論持ち合さず、情なそうな顔付で箸を置いた。彼はそのまま席を立ち、まことに蹌踉《そうろう》たる恰好で食堂を出て行き、出るとぱッとはしり出した。食いたりぬ不満、食残した未練、それから口惜しさ、悲しさ、腹立たしさ、いろいろなものがこんがらがって彼の頭を締めつけた。——さきにある事と書いたのはこのいやな追憶に他ならなかったのである。自分はうまいと食べ、他人は食えないと言う。しかしそれがなんだろう。他人《ひと》は他人、我は我ではないか、だのに、それに対してムカムカするというのは、——これは神経衰弱のためだろうか。もしそうとすれば、己れは八年ほども前から神経衰弱であった訳だが、——ちがう。性質だ。そう思いつくと、その追憶の不愉快さも打ち忘れ、神経衰弱に対する不安から解放された喜びで、その眼もたちまちいきいきと輝いて来たのである。……

思えばなんとした愚かな廻り道を筆者はしたことであろう。筆者が饒舌《じょうぜつ》を弄《ろう》しているうちに、われわれの主人公たる小関健児は迅《と》っくに散髪をおえ、彼の所謂《いわゆる》味気ない家庭へ既に帰っているではないか。読者には甚だ申訳ないことながら、これというのもひたすら筆者の魯鈍《ろどん》のせいであるが、理髪店にはいりなやんでいる小関の稍《やや》常規を逸しているような有様は、これは決して彼の肉体的異状に帰因したものではないというその一言に、以上の饒舌は要約すればできるところを、ついクダクダと説明の筆がのびて了ったのである。彼は一時自分は病気なのではないかと心配したが、いろいろ考え合わせてみるとそうでないことが分り、そうなると、自分の異様な気の弱さの自覚と甘えから、一層嵩《こう》じた振舞を演ずる始末になり、冒頭で述べた所がつまりそれなのであった。毎度のことながら、散髪がおわると彼は、今度こそは気まずい思いをしないように早目に床屋へ行こう、ここを自分の行きつけの床屋ということにしようとおもい、肩から荷でもおりたような爽やかさであった。お釣りをというのを、いらんと鷹揚《おうよう》に手を振り、店先に並んだ躑躅の盆栽の前に身をこごめて、御丹精ですね、おおこれは見事な花だと肚にもない御世辞を言い、ヘッヘッヘッと妙な笑い声を立てたりなどした。耳の遠い店主は理髪の腕前を褒《ほ》められても、恐らくは勝手つんぼをきめこみ、その不精髯をはやした顔をニッコリともさせないだろうと思われる、それほど時間ばかりくって鋏《はさみ》のさばきがまるで下手なくせに、えてしてそういう不器用な人間に有り勝ちな拗《す》ねたような傲慢な面構え、そいつを盆栽となると、忽ちデレデレと崩し、店主は小関の傍にすりよって来た。お若いのに似合わず、——そう言って店主は、縷々《るる》とした自慢話をのべ立てる前の休止《ポーズ》をおいた。長い散髪時間のあいだ、ムッツリした儘一言も口を開かなかった店主なのだ。小関は鏡に映ったその顔を、恰《あたか》もおそろしいものでも見るみたいに上目越しに時々覗いたものだが、今じかに見る店主の顔にはその正反対の点で小関を辟易《へきえき》させるものがあった。盆栽にかけてはといった種類の最初の言葉を見付けたらしく既にもぞもぞと動きはじめた相手の唇に、小関はピョコンとお辞儀をし、そそくさと店を出たのだった。仰げば初夏の夜空には星が燦《かがや》いていて、小関はすべすべした頬を撫でながら、大層軽ろやかな心持である。遠くのカフェーから流れてくる流行歌に下手な口笛を合せてゆっくり足を運んでいる彼の耳に、折から省線の音までが響いて来、今夜はその音も一種進撃的なものを彼の胸に湧き立たせたのである。——そして今夜は仲々饒舌的になって家で夜食を取っている所だが、その光景は節を改めて書くことにしよう。

第二節

小関がその母及び妻と住んでいる家は、玄関の間が三畳、茶の間が六畳、それに台所つづきの終日陽の当らぬ四畳半、全部でそれだけである。郊外のはずれにあるゴタゴタした安月給取りの住宅地帯によく見られる薄暗く薄汚い陋屋《ろうおく》のひとつで、茶の間に面した狭い庭の隅には紫《し》蘇《そ》が植えてあり、郊外特有の藪蚊《やぶか》がその上にワンワンと群《む》れている。序《つい》でに紹介するならば、便所わきのじめじめした所に茗荷《みようが》が沢山生えているが、これは紫蘇とおなじく、母親きんの栽培しているもので、現在小関たちが囲んでいる食卓の上の冷やっこに、薬味としてそえてある茗荷はここから取ってきたものである。紫蘇もやがてはその実を食膳《しよくぜん》にのぼすため、きんが韮《にら》や菊等いずれもたべられる植物と一緒に、陽当りの悪い庭でしきりに丹精しているのだが、そのうち、健児が偉くなったら広い庭のある家に移り茄子《なす》胡瓜《きゆうり》などをいっぱい作りたいというのが、きんの口癖であった。小関はそれを耳にすると頗るいやな顔をして、金ができたらそんなケチな真似はするに及ばぬと言うと、韮や茗荷をいま作っているのは、そうするとお前は小汚い倹約のためとお思いかい、とんでもないときんは力んだ。小関はすこし寒く成ると、しょっちゅう風邪をひいていて、それが又、韮を入れた雑炊のふうふう吹きながら食べる、あついのを腹に入れて寝ると、奇妙になおる子供時分からの習慣であった。きんはそれを持ちだして来、また新鮮な菊の新芽のおしたしは自家《うち》に植えておいてこそ絶えず食べられるというもの、それから薬味用のものだって便利がさきであって、倹約のためなら、なんであんな面倒がみられようとムキになった。しかしムキになるだけ、底には吝嗇とそれを隠す虚栄の心が蟠《わだかま》っているのであって、小関にも母譲りのそうした吝《しわ》い根性は人一倍あった。それは兎も角、小関の家では魚を買うとき、その始末は魚屋に決してまかせず、頭ごとそっくり貰うのが常で、魚の腹綿、頭、尾などはそれを洗った汚水とともに庭さきに埋められ、食用植物の肥料に用いられるのであった。そのため切身より小魚の方が彼の家では歓迎せられるのであって、きんの言う「あんな面倒」とはこれを意味するのであった。こうした丹精の故に植物は大体成長が良かったようであるが、摘み取る手の方が頻繁であるため、たとえば菊などは現在あるかなきかの有様であって、妻の豊美は嫁に来た当座、余りの倹《つま》しさに息苦しさを感じた程であるが、今では彼女も、お母さん、菊がそろそろたべられそうですわと言い、シ、声が高い、お近所の手前もあるよと、きんに咎められる程に成っていた。事実は左様に切りつめ切りつめてゆかぬことには到底家計のたたない小関一家の状態なのであった。

豊美は、第一節でちょっと出てきたところの、小関を現在の勤め先に紹介した中学の英語教師の、これ又仲人口《なこうどぐち》で小関の嫁に成ったのだが、小関の言によれば、豊美なんどと一角《ひとかど》、美人みたいな名を持っていやがる癖に、実物はよく見るとまるで女中型じゃないかといったのに誠にふさわしい女であった。嫁を貰うまで童貞であった彼が送ってきた豊美の写真を碌々《ろくろく》見もせず、己れの肌にじかに女がくるという事、ただそれだけでもう頭が茫《ぼう》となり、無我夢中で豊美を娶《めと》ってしまったことを、然し彼は現在、彼の前述の愚痴のようにそう後悔している訳のものでもなかった。恋愛のごとき大胆なことの出来る自分ではないと彼は自覚していたし、自分のような者のところに美しい女性が来る訳もないと諦めていた。しかし、時には早まった悔を感じ、早く孫がみたいという母親の口に乗せられて一生の不覚だった、もう少し慎重に構えればよかったとも思うけれど、豊美にはまた今となっては絶ちがたい愛着もあり、先ずは満足に近い状態といってよかろう。背丈が彼に近い豊美は埼玉の在《ざい》の育ちだけに都会育ちの彼よりは骨太で、肉も固く豊かであるからして、坐っている時などは、妻の方が夫より大きく見えた。夫の肌膚《はだ》は母親譲りの細かい方で、色も妻より白く、女にほしい位の繊弱感を持っており、毛に乏しかった。豊美がまた男に近い総べての感じで、唇の周囲に黒い生毛《うぶげ》がモヤモヤしているのに反し、小関の口辺は気味悪いほど艶々して毛がすくないのである。手足もまた……いや、退屈な身体検査はやめにして、では物語にはいろう。

小関は今、例の庭に面した部屋で、母親のきん、妻の豊美と三人で、貧しい食卓を囲んでいる所である。小関の茶碗に飯をよそっている豊美が、妙に青く浮腫《むく》んだ横顔を見せているのは、妊娠《にんしん》三ヶ月の為であって、三人の話題も今丁度そこにあった。きんは齢《とし》の割に白く綺麗《きれい》に生《は》え揃《そろ》った前歯を見せながら、今日の午後、豊ちゃんが台所でゲーゲーやったんだよ、もうこれで御目出度の証拠があったと言って笑ったのが、きっかけで、いつもは大概ムッツリ顔で夕食をとる小関が散髪後の上機嫌で、それはよかったと賑やかに応じ、珍らしく笑声のきこえる夕食となったのである。もともと順調でなかった豊美の月のものが二月《ふたつき》とまり、さてはと思っても、案外ほかの病気ではないかと心配し、元来がむくんだような豊美の顔だが、頰に青く膨れた肉が増し、薄い唇のめっきり色が悪くなったのを、小関は覗き込んで、大丈夫かねと言っていた。そこへ、妊娠の徴候がいまは明瞭となったのである。親子がそれを話題としてやや聞きにくい露骨なことを話し合っている間、豊美は時々恥ずかしそうな瞳をきんや夫に投げては俯《うつむ》いていたが、根が神経の鈍重な方であるから、通俗小説のこうした場面によく描かれているごとき、まアとか、あらなどと言って頰に紅葉を散らし、袂《たもと》で顔を蔽うといったような風情は毫《ごう》も見られなかった。帯をきつく締めておいて子供をなるべく小さくしておく方がいいよ、だらしなくしておいて胎児が大きくなると、お産のとき大変だからねと、きんが言った。豊美は、そうですかと言い、箸を持ったままの手を帯に当てながら開いた口はクチャクチャと飯を嚙んでいる様などは、不断の小関であったら、舌打ちのひとつも仕兼ねまじき痴呆《ちほうかん》感さえあった。しかし今夜の彼は、そこにあどけなさを見て、忽ちニヤニヤとした。そして不意に固い表情に成り、また唇を歪めて、きんの方に素速くさりげない一瞥《いちべつ》を投げたのは、瞬間、色情的なおもいに襲われての所作であろう。

食事が済むと、きんは食卓をかかえて台所に行った。残りものを、たとえ醬油の一滴たりとも無駄にせぬため、後始末はきんの役目で、きんは若いものはどうしても物を粗末にしがちだからと言っていた。彼は豊美の手を取り、愛情的な微笑を妻の顔にしばらく注いだのち、どうだ、綺麗になったろうと頸筋《くびすじ》を妻の眼の下に持って行った。豊美はあまり明らかでない表情で、夫の頭を見、夫に比べるとずっと骨太で岩丈《がんじょう》な指先で毛髪を撫でているうち、あらと頓狂《とんきょう》な声を挙げた。えッと言って首をあげようとする夫の頸筋をつかまえたまま、あら、あらと言った。あら、禿《はげ》ができたわ。――禿だって？――ええ禿！　たしかに禿よ、これは。――ウソつけ。もがく夫の頸を押えつけたまま、彼女は、禿、禿！　と言った。苦しい！　手を離せ！　頸が折れるじゃないか！　そう言われて初めて手を離し、血がさがって真赤になった夫の顔を見ると、あんた、大変よ、台湾坊主ですよ。

彼はなおも嘘吐《うそつき》と言い募ったが、ウソだとおもうなら見せてあげると言って、豊美が彼の指先を取って後頭部に当てがった、その感触は確かにツルツルの円頭禿髪《えんとうとくはつ》のようであった。うえエと言い、今迄シャンと立てていた腰を彼はガクリとおろし、取り敢えずきんを呼んだ。きんは前掛で手をふき、後頭部の毛を分けて見、小さいながらほんとうに禿ができていることを彼に告げた。汚い床屋へ行って台湾坊主が伝染《うつ》ってきたんだね、きんはそう言って、禿の周囲の毛を引張ると、次々に容易に抜けてくるではないか。これは大変だ、そッとしとこう。そしてきんの横からなおも手を出そうとする豊美をきんは押えた。彼は抜けた毛を電灯に向けて見ると、普通の抜毛のごとき毛根の白い附着物がなく中途から切ったような、さきともとの判別のむずかしい状態であった。もはや禿頭病《とくとうびょう》であることはたしかになった。

彼は脂汗の出てきた顔を庭に向けた。庭からは魚屑《さかなくず》の腐敗した、いやな臭いが漂ってき、それに乗って脚に鮮かな縞模様をつけた大きな蚊がブーンと飛んできた。彼はポカンと口をあけた豊美に腹立たしげな口調で、蚊取線香でもたいたらどうだと怒鳴りつけた。

翌朝、小関は一応出社し、部長の諒解を得てから、本郷の大学病院に行った。在学当時セツルメントで顔見知りの医科の友人を訪ねる積りで、その友人は幸い皮膚科の医局にいると聞き及んでいたが、その友人と顔を合わさなくなってから数年もたっている為、今でも果して大学病院にいるかどうか心許ない上、たとえ居たとしても、さして親しい間柄とはいえないのに、あつかましく訪ねるという事は小関の神経には仲々辛いことであった。その辛さが彼を不機嫌にし、プリプリして家を出たのであるが、社から本郷までの市電の中でも、眉の間に深い立皺を寄せて、丁度彼のすぐ前の坐席に腰掛けている妙に婀娜《なまめか》しい身体つきの女が、もう随分大きくなった乳離れしてもいいと思われる男の子にせがまれると、白い胸を無雑作にあらわにして乳をふくませはじめ、彼はえーッ無神経な！　と明らかに舌打ちをして顰面をそむけ、でも無意識のうちに、その胸に惹《ひ》かれチラチラと注がれる眼が、女の放心的な視線にばったりぶつかって了った。女は無神経に眼をそらしたけれど、彼はそうは行かなかった。見るみる顔にのぼってくる汗を彼は、安物の洗濯石鹼《せんたくせっけん》の臭いがしみたハンカチで顔ごと蔽って拭かねばならぬ始末であった。やがて春日町停留場に来、ゴタゴタとはいってきた乗客に彼の視界はとざされて、ホッと救われたかとおもう間もなく、彼の前の吊革《つりかわ》に手をやった非常に肥った中年女が彼の足の間に無遠慮に割り込んで来て、ガタンと一揺れ電車がゆれると、彼の上に肥った身をドタンと投げかけ、あら失礼と嬌笑《きょうしょう》を見せるのである。そのわざとらしさは、席を譲れといわんばかりであるのが業腹《ごうはら》で、中年女の不快な肉体の接触を小関は唇を噛んで堪えていたが、しまいには膚《はだ》がかゆくなる程で、どうにも我慢ができなくなり膨れ面でぷいと立った。

こうした始末で、皮膚・泌尿器科病室の前に行くまで、彼は舌打ちをずッとつづけていた。門の地図をたよりに探し出した皮膚科の病棟は、眼科と産科の各病棟の間にあった。産科病室と皮膚科病室の間には通路があって、その奥にある産科の手術室は、彼が学生時分に行ったことのある所である。震災で破壊された文科教室の本建築が、彼の在学時分は卒業間際にしか間にあわず、講義は病院構内の空地にたてられた間にあわせのバラックで為され、小さいバラックでは収容し切れないほど聴講生の多いものは医科の手術講義に用いられる大きな階段教室を借りて為された。産科の階段教室では彼はたしか、当時英文学の講義に招聘《しょうへい》されて日本へ来ていた英国有数の詩人ブランデン氏の授業を聞いたように記憶しているが、彼の語学力では詩人の名講義も殆んどと言っていい位分らず、周囲の人たちがペンをさらさらと走らせてノートをとっている間に肩を狭くしてポツネンと坐っていた。それでは余り醜態とおもい、訳の分らぬことを書き綴ることもあったが、階段教室では上の人からノートを覗かれると丸見えであるため、出鱈目《でたらめ》を秘したい虚栄から、いつしか階段の天辺《てっぺん》に、彼ひとり寒むざむと腰かけている有様になった。詩人はいにしえより近代に至る英国詩の流れを機智《ウイット》に富んだ稍早口の低音で講じていたが、詩人の姿をはるかに見おろす天辺にいたのでは、評判の名講義もいよいよ聞き取り難い状態になり、何の為に出席しているのか自分でも分らない有様であったから、名講義の一語も聞き洩《も》らすまいと階段の下の方に犇《ひし》と詰めかけている熱心な学生達（その中には、二三年前英文学の傾向を日本に移植し、主知的文学なるものを提唱した新進作家A—氏の学生姿もあった。）には勿論解《げ》せなかったであろう。その熱心組のうちには小関をば、講義を軽蔑《けいべつ》する悪傾向に染った不愉快な文学青年とうわさするものもあったが、小関は決してそういう種類に属する人間ではなかった。彼が英文科にはいったのは、文学に志があったり又は英文学に興味を持ったりしたためのものではなく、高等学校三年の終り近く、大学の法科と文科とどっちを選ぼうかと戸惑いした際、自分は世間を乗切って行く法科的な人間ではないと思って文科にしたのだが、文科も英文科なら先ずは就職が安心の方であろうと考えた訳である。だから些《いささ》かの期待も興味もなく、暗然とした顔を教室に晒《さら》していた始末であったが、その癖、出席だけは至って勤勉だった彼が、新学期がはじまって二月位経つと、例の階段教室へぱったり顔を出さなくなったのには理由があった。とある時間、階段の天辺に縮まっていた彼は先生にも目障りであること故皆と一緒の下の方へ来るようにと、とうとう副手から稍叱責的《しっせきてき》に注意された。彼は真赤に成って恐縮し、その日は下で畏《かしこま》っていたが、次の講義から彼の姿は見られなくなったのである。

こうした次第で彼には充分印象深くあって然るべき手術教室であり又通路である筈なのに今

はすっかり忘れていた。副手の叱責があって後の講義時間前には、当時彼は恐らく皮膚科病室の玄関前あたりで、階段教室へ行こうか行くまいかと逡巡《しゅんじゅん》すること数回であったろうと自らも回顧されるのだが、前をうろうろしたその建物に皮膚科泌尿科と書かれた看板のさげてあったことはどうしても思いだせない。恐らく眼にはいらなかったのであろうし、その建物がなんであるかが注意されもしなかった程、当時の彼は——否、今でもそうだが——唯ぼんやりと無気力な顔を下に向けて歩いていたのだろう。彼は病院の門の脇に立てられた案内図をたよりにして、皮膚科病室にたどりつき、そして隣りに産科のあることを知り、ああ、そうか、この奥に手術教室があったんだな、この道ならよく通ったところだ、そしてこの建物なら迅くに知っているべき筈の奴だと頷き、我ながら自分の頓間にちょっと可笑《おか》しくなってニヤニヤした。産科とあるのを見て、急に気付いたのは、例の階段教室にいつぞや、医科の講義に使用されて片付けるのを忘れたらしい女子の肉体の一部の大きな解剖図が、黒板に掛けたままに成っていたことがあり、彼は異常な好奇心でこいつは凄いとその図に眺め入り、同じ年輩でありながら科が違うだけで、そうした図を日常的に見ることのでき、又実物にも接触できる医科の学生が羨《うらやま》しくもあり、仮に今の自分がそのままそうした医科学生に成ったと想像した時の一種慄然《りつぜん》たる怖しさ、周章《しゅうしょう》をおもって、彼等に驚嘆を感ぜざるを得なかった——その図が瞬間頭に来、その図のあった教室はこの奥だと思いだされたからである。(前の夕食の場面でもちょっと出てきたことだが——彼は因循《いんじゅん》な癖に、なかなか鋭敏で積極的な好色性のあることはこれでも分り、ついでながら読者の注意を喚起しておきたい。この物語はもう少しゆくと、彼の好色性が徐々に活躍するからである。）

病室の入口は彼が予期したように立て込んではいなかった。下足場の老人に彼は恐るおそる、橘先生ってここでしょうかと言った。ああいるよと老人は突慳貪《つっけんどん》に言い、その突慳貪さに参るより、ああよかったという悦びの方が大きかった彼はすぐ、橘先生に会いたいんですがと言った。老人は彼に顔を向けず横向いた儘、いることはいるけど、今はいない、午前中は外来の方にいて、まだここへは帰ってこないよと極めて無愛想な言い方だった。彼はハアーと言ったまま取付けず、そのうち老人は後から来た面会人の名刺を持ってサッサと奥へ行ってしまった。彼は浮かぬ顔で戸口に突き立っていたが、しばらくしてブツブツひとりごとを言いながら、もと来た道に戻って行った。外来患者の診察所を門のところの地図で探そうというのだ。彼の歩いている前後には、看護婦の姿も見られたが、呼びかけて尋ねることが彼には出来ない。はるばる門まで戻り、地図を見て、また埃《ほこり》ッぽい道を汗いっぱいになって歩いて行った。外来患者診察所は各科綜合《そうごう》の大きい石造建築で、入口の薬局には人が多勢待っていた。彼が恐れていた以上の人の込み合いで、三階の皮膚科に行くためのエレベーターの前にも消毒薬の臭いをプンプンさせた患者がいっぱい立ち並んでいた。やっとのおもいで三階に行き、廊下にでると、椅子には余地なく患者が居並び、尚そのまわりに大勢がウロウロしていて、看護婦がせわしそうに往来している姿に、気後れした彼の肩はさがり溜息が洩れでていた。うまい工合に橘君がここへ現われてくれるといいが――頼む！　と彼は心に念じながら人々の群と離れて廊下の隅に佇《たたず》んでいるうちに、不意に子供時分のことが頭に来た。今は癒《なお》ったが小学生の頃、彼はひどい脱腸で、しかも生れつき脆弱《ぜいじゃく》な肉体であった。それが、ある年の運動会で、重い俵を背負って目標の旗まで駈けて行き、戻ってきて次の者に俵を渡す紅白二組の競争にでねばならぬことになった。前のものが一人一人減って次第に彼の番が迫ってくるのを、一列縦隊の中で震えながら見ていた彼は前後の子供のように、しっかりしっかりと味方を声援するどころか、味方が負けてくれればいい、そうすれば自分の番で負けが更にひどくなろうと初めからの負けだから咎められもしないだろうと、そう考えて、青褪《あおざ》めた唇を引きつらしていた。ところが、僅かの差で味方は勝っていた。小学生の彼は絶望的な眼でそれを眺めていたが、あと三人しか前に残ってないというところに来た時、さア来いと小さい掌に唾をつけて力んでいた後の子にチラと眼をやって、そのまま彼は列を離れた。卑怯《ひきょう》な彼ではあったが流石に逃げだそうとしたのではなく、どうやら既に出ているらしい脱腸をこっそりおさめる為で、同時に騒ぎから離れて、金光《こんこう》さま、お願いですから助けて下さいと必死の祈りを念ずるためであった。(彼の母親は熱心な金光教信者であったから、子供の彼も亦金光さまを信じていた。——病院の一隅でいま彼はこの切ない祈りの場面を思い出したのである。）周囲の昂奮的《こうふんてき》な瞳は一斉に運動場に注がれていたから、出発点の人ごみから彼がこっそり抜け出たことは誰の注意もひかず、いよいよ次が彼の番だという時に成って彼が見えないので、みんなは大騒ぎした。そこへ彼は駈けつけて来たが、やはり一分ばかり遅れたため前の番のものは重い俵を担ぎきれず下へ投げだしてしまっていた。当り前なら、しゃがんで待っている彼に、背中移しすべき俵である。それを地べたから持ち上げて背中に背負わねばならず、あせる手許の狂いと非力のため、俵は再度地上に転がり、見るみる味方の勝ち越しがちぢまって来て、彼がひょろつく足でスタートを切った時は敵も亦同時に出発したところだった。こうしたドジに対する味方の激しい罵声《ばせい》など勿論耳にはいらぬ彼は無我夢中で駈けたけれど、ぐんぐん敵に抜かれていることは知らず、旗を一まわりする時に成って、初めて敵が既に帰りを急いでいるのをみ、あっと思うと、片足を地べたに突いてしまい、俵がバタンと落ちるのと鼠蹊部《そけいぶ》に激痛が走るのと同時だった。彼はそのまま気を失った。

——この事件以来、彼は体操の時間を公然と欠席できるようになったが、彼の脱腸もいつしか公然となり、幼い彼にとってたまらない屈辱の始まった日と成ったのである。そのため永く彼の脳裡《のうり》を、折があると去来して、思いだすたびに恥ずかしさをつねに生々しく感じ唇を噛む事件であったが、今ふと小学生の彼が、金光さま、お願いですと祈った物哀れな情景が彼の頭をかすめたのは、現在こそ金光教など信じてはいないけれど矢張りなにかに縋《すが》り祈りたい気持の相似たものが、追憶の断片を呼んだのであろうと思われる。彼がわざわざ橘を尋ねて来たのは、治療をただでしてもらう下心からであった故に、彼のような弱気の若者には、さして親しかった仲とはいえぬ友人にそうした申出を敢えてする事は、神よああ神よといった切なさであった。その切なさは彼以外の人には想像もつかぬ程の臆病に彼をし、橘が不意に彼の前に立ち現われる偶然をただ待ち設けている状態に彼を陥れた。三十分以上も彼はそうした状態をつづけていたが、廊下の人々が次々に看護婦に呼ばれて病室にはいって行き、やがて治療をすましていそいそと帰って来るのを見ると、漸次居堪《いたたま》れぬ感じに襲われてき、そうした場合の彼にいわば特有の屈辱感、自己嫌悪からの的《まと》のない腹立ち等のモヤモヤから衝動的にパッと身を挺《てい》する感じで、彼はいきなり背中を突かれたみたいに歩きだすと、そのままドンドン階段を降りて行った。エレベーターには眼もくれず、螺旋階段《らせんかいだん》を夢中で降りて行く、その行き方はモヤモヤを背後に振りちぎってゆく恰好だった。

建物の外に出ると、彼はホッとし、同時にしまったという顔を見せた。昼に近づいたことを示すはげしい照り返しに眼を射られての或は表情かもしれない。彼はハンカチで汗を拭いながら、ゆっくりといかにも仕方なさそうな足どりで皮膚科病室の方へ歩いて行った。橘が外来患者の診察を終って、病室にある医局に戻ってくるのを待とうというのである。

こうして小関は病室の廊下で、二時間も橘を待っていた。その間の彼の心のいらだちに就いてはもはや言葉を費すまい。長椅子に横ずわりに坐って、呆然と窓外を眺めている彼の眼は力なく疲れていた。昼食をとらない為でもあり神経の徒労のためでもあろう。窓外は狭い中庭で、その狭いなかに立枯れの桜の老樹を大きな山吹と楓《かえで》が囲み、その奥に檜《ひのき》が立ち茂り、ムンムンした感じであった。どんなに冷い空気がそのなかに飛び込んできてもこの立て込み方では逃げ場がない儘に蒸され澱《よど》んでしまいそうで、生憎《あいに》くそよとも風のないその日は、木々がまるで死んだみたいに動かなかった。一時間ほど前のいらいらした小関の眼には、それが甚だ圧迫的なものに映じ、どこか木の葉の動いているところはないかと探しもとめ、檜の最上端の葉がかすかに揺れているのを発見してホッとした、それほどこの中庭のぎっしりつまった植込みは、空気を清浄にする植物というより、死物の集りのような不潔な感じを持っていた。日当りの悪いせいであろう、かぼそい枝ばかり無闇と叢生《そうせい》し、徒らに大きな株をつくっている山吹は、開花期にもかかわらず、花をちっとも持っていないで、そのかわりに枝の各所に灰色をした汚らしいものが纏《まつわ》っているのは、患者の捨てた洟紙《はながみ》が雨にでも溶けてひっついたものだろう。掃除が行きとどかぬらしく、見れば、その根もとには時日を経たマッチの棒や煙草《たばこ》の吸殻が散乱していて、樋《とい》の水落しのあたりのじめじめした所には褐色の脂《やに》を滲《にじ》みだした儘、そろそろ腐ってとけかかった吸殻が、青光りした地べたにべっとりと密着している様など、思わず眉をひそめずにはおられない。いらいらした小関のしょうことなしの眼から見たせいもあろうが、栄養不良みたいなひょろひょろ檜の密生だって、一目見るなりムッと不気味な温気を感じさせ、忽ち不快な汗を催させる、ともかく嫌な感じの中庭であった。しかし、ともすれば眼をやりがちな場所であり、二時間も見ていれば大概なれて了ったのだろう、彼の眼は、脂をいっぱいに吹きだした桜の立ち枯れにじっと注がれた儘であった。(真黒に枯腐したこの桜の大木を見て、第一節で紹介ずみの小関の友人篠原辰也は、こいつも皮膚病で入院しているのかいと言って笑ったことがある。——いや、待て、篠原とこの場所との交渉はまだまだ伏せて置くのが、小説の作法であったろうが、ちょっと附言したい誘惑に負けた筆者をゆるされ度い。）恐らくこの桜は、病院が建てられる遥か前からここを占拠していたのであろう。もしかすると、今の大学構内に宏壮《こうそう》な江戸屋敷を擁していた封建時代の領主がここに庭園を築かない前から、この桜はこの土地を占拠していたのかもしれない。その時分、ここは武蔵野《むさしの》の一部だったのだろうが……といった彼らしい愚にもつかぬことをしきりと考えていたのである。

ふと、彼は頭をあげ現実に連れ戻された眼に成った。植込みの向うの病室に、人間の翳が動いたからである。その病室の前には幸い檜がなく、その窓は山吹の上を通してこちらからよく覗かれた。そこは最上級の病室で、窓に沢山つるした色紙細工《いろがみざいく》の鶴から推して彼は、いずれ金持ちの小娘が大きな部屋にひとり寝ているのだろうと思っていた。三等病室に、貧乏人の重病患者がむさくるしい姿でうようよと枕を並べ、いろいろまざり合った臭気がムンムンと立ち籠《こ》めている様を、便所の往復で見た彼は、鶴などをつるして悠々と養生している特別病室の人間に、反感と同時に好奇の眼をかねて注いでいた。その窓にゆらゆらと人が動いたので、彼は頸をのばして内部をうかがったところ、子供と思った患者は二十歳前後の令嬢で豊かな黒髪が背中にふさふさと流れているのが彼の眼を射た。彼のような下司な人間どもの好奇の眼を防ぐためであろう、病室の窓はこの暑さにも半分しか開かれてない為令嬢の顔容《かおかたち》などはっきり観察できなかったが、それだけ覗く方の男の胸を騒がすものがあった。それに一体、小関は同年輩の小市民出の青年に比して深窓の女性に対する憧憬《しょうけい》が強く、これは女性というものを妻の豊美以外には知らず、女性に対する夢を未だ抱いているせいであり高貴なものほど珍重し美しいとする封建的な好色の故であった。眉がキリッと描いたように美しく、鼻が秀でた細面《ほそおもて》の、顔は飽くまで白い、きっとそういった風の麗人が白魚のような指で色紙を折っている姿、——小関は想像するだに胸のドキドキする煽情的《せんじょうてき》なものを、窓の鶴とそのあたりの気配から感じた。(豊美は眉が芋虫のように濃くモサモサし、鼻は所謂団子鼻であった。彼はその反対のなよやかな美人を想い描いたのである。)そして二十歳前後の女が童女のように色紙細工を愛するあどけない色ッぽさも彼を刺戟した。ひとめ見たいものと彼は窓に眼を据えたまま離さなかったが、その後、内部では人の立ち動く様子は無く、開かれた窓にはカーテンが垂れふさがっていて動こうともしなかった。少々ごめんなさいという女の声に彼はハッとして首を廻すと、手術場から運び出した運搬車を看護婦たちが病室へ導くところだった。彼は通路の邪魔をしていた足をあわててひっこめ、手術を終って全身を白布に蔽われた患者が静々と彼の前を運ばれて行った。その後から、患者の身内らしい男と手術を終って汗びっしょりになった若い医局員とが出て来、小関からすこし離れた所で立ち話をはじめた。男は四十前後の年輩で、眉間《みけん》に傷痕のある卑しげな顔は黒く陽やけしていて、獰猛《どうもう》な骨格に似合わしからぬ白チョッキを着ていたが、そのポケットはいずれも手垢《てあか》で汚れていた。土木請負師といった感じの人物で、職場では大声を張りあげて医師と同年輩位の若者をきっと頤《あご》で使いまわしているにちがいない、人を人ともおもわぬ面魂のその男が、人命を司るお医者さまとなると、哀願的な身のこなしでぼそぼそと話をしている。小関は、俺も医科に行けばよかったというような嫉妬《しっと》の光りを帯びた眼付で、それを眺めていた。

それからややあって橘が小関の前に姿を現わしたのであるが、小関の心配していたほどのことはなく、橘はこころよく彼に接してくれた。人当りのやわらかなこの若い医師は、小関君は昔とちっとも変りませんね、たしか数年会わなかったが、その後元気ですかと言い、人なつこそうな笑顔で小関の眼をじっとのぞき込み、小関は感激的に両手をしきりに揉《も》んでいた。若い医師は専門の人を呼んでくると言って、医局に行き、やがて橘の先輩格に当るらしい背の高い医局員をつれてきた。小関の患部を見て、二人は独逸語《ドイツご》で何やら話し合い、小関は同じ年輩、同じコースでありながら自分は浮ぶ瀬もない安月給取りで将来の望みなどまるでない味気ない日常なのに、橘はもう一かどの医師で前途も洋々としてひらけている、そして明るく血色のいい顔付で自分などには薩張《さっぱ》り分らぬ流暢な独逸語を口にしている、その隔絶のみじめさを若干ヤケな眼付で見ているうちに、橘は突然苦笑的な口つきで、小関君、まさかイキな病気はしてないだろうねと言った。イキなッて？　と小関は分らぬままにドギマギすると、相手は彼の野暮さに却《かえ》って顔を赤くし、花柳病の意味であることをざっくばらんに言った。と、とんでもないと彼はどもり、見るみる顔を真赤にした。そんなら、いいんだ、ただ念の為に聞いただけさ。そして橘は傍の医師を顧みて、また独逸語を二言《ふたこと》三言《みこと》いい、小関に向って、神経性のものでしょう、一月も電気をあてれば直るさと言った。小関は病原がなにか聞きたく、床屋でうつったんでしょうか、郊外の不潔な髪床屋へ行ってたのがいけないんですかねと言うと、これは伝染病ではないんだ、今日までの研究ではまだはっきり分ってないんだけど、伝染病でないことだけは明らかになっている、学生なんかが試験勉強で無理をすると急に毛が抜けてくる、あれと同じで、もとは髪床屋などでうつる伝染性のものとされていたがね、要するに何か神経に関係のある病気らしい、と答えた橋は小関などより十も年上のような落着いた口ぶりであり、身のこなしであった。

小関は橋の友誼《ゆうぎ》に狎《な》れると次第に饒舌になり、電気治療をうけている間、彼は橋に会うため半日待った話からはじまって、廊下から見える病室にはとてもシャンがいますねという話にまでなった。ああWあれはちっと足りない女でねと橋はアッサリ言った。足りない？　と小関はききかえした。白痴というほどでもないが智能の発達がちょっと常人以下なんだ、金があるからいいようなものの、家でもあれでは頭痛の種だろうな、それに美人なら嫁の貰い手もあろうが、これ又大変な不美人ときているから始末が悪い、膀胱結石《ぼうこうけっせき》で入院したんだが、手術の時は大騒ぎだったそうだ。——ほほうと小関は言った。それで分った、いい年をしながら鶴などつるして喜んでいるのはつまり頭が足りないからですね、ふふん、それで分ったと彼は言って、思いきりしかめ面をした。騙《だま》された感じで腹が立ったからである。

こうして小関は、一日おきに病院へ通うことに成った。そしてある日、ずっと音信不通の篠原辰也と病院の廊下でバッタリ会い、それは彼の生活に渦紋を投ずる結果と成ったが、事の次

第は第三節に於いて述べたいとおもう。

第三節

病院へ通いはじめてから既に半月は経っていた。そしてその半月は小関健児をここの空気にならすことに少しも役立たず、相変らず片隅で彼はモジモジしていた。無料治療のひけ目を看護婦や患者ばかりでなく、いわば病院全体の空気に感じていたのである。廊下では不必要に道を譲り、エレベーターは一番最後に乗るようにし、治療室で誰彼の区別なく頭を下げているさまは、善良などというより魯鈍な感じであった。一体がこの皮膚泌尿器科は他に比べると頗る柄の悪い患者が多く、毛もくじゃらの太腿《ふともも》をあらわして、ほれ見い、この通りだと横痃《よこね》の痕《あと》の多く凄いのを自慢する角刈りの若者の二三人先には、俺は睾丸炎《こうがんえん》を一度やったからもう厄のがれだとおもっていたのに飛んでもねえと言い、淋病《りんびょう》の古さに鼻を高くする職人がいたり、その醜悪厚顔な雰囲気は、小関の同席するに堪えられぬものがあった。同一視されてはといった顔付で小関は離れて立っていたけれど好奇の耳が動くのはいたし方なかった。彼等とやはり離れてはいたけれど彼等の視界に、折からうら若い女性の患者が立っていた事は、彼等の卑猥《ひわい》な話声を高くさせ、いつもより活潑にさせるのに役立った。フェミニストの小関は彼等のいやらしい根性をおもうと暗澹とし、あの姿のいい美しい婦人が花柳病などという訳はないと、寧《むし》ろそれを冀《こいねが》う感じであったが、その女の皮膚の色悪く荒れた顔が黝《くろ》い隈《くま》を眼の下に持っているところをちゃんと見ている彼等は、ちぇッ、しゃら臭え面《くせ》をしやがってと嗜虐の舌が疼《うず》くのである。痛えのなんのって、と睾丸炎をやったという職人は手まで振りうごかして喚《わめ》き、聞き耳をたてていた小関は眼をパチパチさせた。たまをキュッとつるし上げ、氷嚢《ひょうのう》をうんとこさと当てているんだけど――おいらは階下《した》で寝ていたんだが、二階を歩くミシミシという音、そいつがジンジンと響いてきて、滅法痛えんだから大したもんだったね、云々《うんぬん》。

ある日、そうした控所に小関はどこかで見覚えのある顔を見、色が飽くまで黒く顎骨《あごぼね》の出張ったその顔は小関の行く皮膚科の方でなく、泌尿器科の治療室の方へはいって行った。淋病の注入洗滌《ちゅうにゅうせんじょう》に来ているらしいことは小関にも大体見当がついたが、誰だったか咄嗟《とっさ》にどうしても思い出せず、禿頭の電気治療をうけながら、ずっと考えつづけたが駄目であった。そして帰路、電車に揺られながらぼんやりしていると、ふと思いついたその顔は彼がまだ大学生であった頃、数回会ったプロレタリア作家のW―であった。プロレタリア作家といってもジャーナリズムにその名をあらわしている人物ではなく、正確にいうならば当時プロレタリア作家志望者だった、W―の家へ、大学生の彼がレポを受取りに行った。W―の家は地方の左翼組織から中央へ報告を送ってくるアドに当てられていたので、小関はレポーターとしてW―の家を訪れたのだが、小関にその命を下したのは他ならぬ篠原辰也であった。篠原とのことに就いては後で述べるとして、W―というと小関の頭にすぐ浮んでくるのはW―の妻の印象である。篠原に与えられた地図をたよりに探し出したW―の家は、プロ作家という以上いずれは路地奥の陋屋であろうと思っていたが案に相違した小ぢんまりした綺麗な家であったのに、若干まごついた小関がつづいて驚いたのは、出てきた断髪の美少女が二階に向って放った、パパちゃん、お客さんよの鼻にかかった甘ったるい嬌声《きようせい》であった。ごめんなさい、W―さんおいでですかという小関の案内の声に玄関に立った儘、いらっしゃいとも言わず、いきなりそういう美少女の子供子供した態度、そしてパパちゃんという以上、さてはW―の娘かなと小関は思ったが、二階から降りて来たW―は小関と五つ位しか違わぬ青年であった。小関が来意をつげる間、美少女はW―の背後にぴったりくっついてくりくりした眼を小関に注いでいたが、それが小関にはひどく眩しかった。――小心な小関は、いわばその小心の故に篠原に半ば強いられ、はっきりいやとは言えない儘にレポーターにさせられたのだが、その役はこわくて仕方なかった、そのなかで彼の歩みが比較的軽やかだったのは、このW―の家へ行く道だった。それはW―の妻のこの美少女に会えるからであったが、数回行くうちに忽ちこのアドは廃止に成った。地方に検挙があり、W―の家はばれたらしいという報があったからで、尚小関もその後まもなくレポーターをやめた。

今はからずもW―に再会し、くっきりと思い出されるのは、彼女がパパちゃんと言ったとき見せた断髪の項《うなじ》の眼に滲み入る美しさである。あの子供子供した無邪気な美少女、人妻とは迚もおもえぬあの新鮮な女の亭主が、いずれは悪所へ出入せぬことには罹らぬ悪疾で病院通いをするとは、――小関は憤りとも悲しみともつかぬ切ない感情で顔をしかめ、今はその女の顔、その容姿をおもい出すことはできないがその項の悩ましい白さだけははっきり思い浮べられる。彼の額にいつしか脂汗さえ出てきていたのである。しかし余談に渉《わた》ることを許して貰うなら単純な小関の切《せつ》ながる程、事情は単純なものではなかった。現在W—の許に彼女はいないのであるが、それは彼女がW—を棄《す》て去って彼女に応《ふさ》わしい流行歌の作曲家と今は一緒にいるからで、少しでも女を見る眼のある人ならば、子供っぽい挙措容姿を持ち、表面にまで情熱が溢《あふ》れ濡れているといった態の女は殊のほか、浮気で無責任な行動に出勝《でが》ちなことを知っているであろう。それにW—という人物も、どちらかといえば女の献身的な愛情を得るに値しない浅薄で偽善的な男であって、金持の娘である彼女をマンマとひっかけたという一部のうわさも成程と頷かせられるところがあった。小関がプロ作家には似合わぬと驚いた家の費用も、彼女の実家が娘に月々送る小使から出たもので、W—は今にも一流作家になるようなことを臆面もなく彼女やその家の者の前で吹いていたらしい。彼女と別れてから全く尾羽打枯《おはうちか》らした有様で場末のアパートに移り住んでいるが、一流作家どころかその作品をついぞ見たことさえなく、どうして食っているのかと旧友からさえ不思議がられている現状を、彼は自ら、彼がアドの露見から検挙されている間に彼女がインチキ作曲家の許へ走った、その痛手の為、全く虚無的に成って了ったのだと説明している。なーに、あの男にそんな打撃の感ぜられるほどの誠実があるものかと彼を笑う人たちも、ではそうした男と潔く別れた彼女を擁護するかというと、どうせあんな男にひっかけられた女だという軽蔑以上に、プロ文学流行の時はケチな英雄主義でくっついていながら、凋落《ちょうらく》と成るとサッサと別れて行く悪質な女性の一人として激しい憎悪の眼を向けずにはいなかったのである。——

小関はW—を病院で見かけて以来、再び会いたいと望むほどでもなかったが、気にはしていた。然し彼は再びW—を見ることなく、そのかわりに立ち現われたのが篠原辰也であった。その日は校正が忙しく、かねて諒解済みとはいえ執務時間の外出がはばかられ、社が終ると急ぎ病院へ駈けつけた。昼から降り出した雨が折悪しくどしゃ降りになり、歩き方の下手な上にいそいだので背中まではねをあげ、ズボンの膝下はグシャグシャに濡れた。そのズボンはズボンだけ出来合いで買ったもので、いくら折目をつけても半日はいていると折目が消え、妻豊美の形容によればダンブクロのようになって了う安羅紗《やすラシャ》の、しかも下は細く腰もとがだぶついている旧式ズボンが、雨に濡れてよれよれに成っていた。更に、靴底の穴から浸入した泥水が靴下の上の方まで汚してしまっているのと相俟《あいま》って、いたく彼を気がひける感じに陥れ、橘先生に小関が来たとお伝え下さいと小使に言う声は常より一段と低く、おついでの時で結構ですとさえ言い加えたのである。そして椅子の隅にキチンと膝を合わせ、目を伏せて待っていた小関にやがて医局から戻ってきた小使が、橘先生はあっちには見えない、手術場じゃないかねと言い、小関はハアと首を下げた。どうもすみません、ここでお待ちしておりますから。眼玉が病的にでッかい横柄な老人に小関がそう言って恐縮していた折しも、廊下の奥で無遠慮な高笑いがきこえ、つづいて——飛んでもない、僕は酒にはもてるけど女には君みたいにもてないからなという声は正しく橘のであった。はッと立上った小関の、橘の姿をもとめようとしてぐッと注いだ眼に、カーテンを排して現われ映じたのは、しかし橘ではなく、誰であるか瞬間思い出せないが確かに誰かであると思わせる男――よく見ると、ああそれが――それは篠原辰也であった。遊ぶことにかけては僕にヒケを取らぬ、いやいや僕以上の君が病いに罹らず、僕だけが病いに苦しむというのは不合理だと篠原はズボンのボタンをかけながら橘に言い、ほんとにそうねとすっかり親しく成った看護婦の声援に、篠原は彼特有の毒舌を逞《たくま》しくし、ひょっとすると橘君はよその病院へこっそり行っているんじゃないかと言ったのに対し、飛んでもない云々の前述の応答があったのである。こういう話に成ったのは、橘の友人である内科の医局員が篠原の前に、橘の治療を受け、あれは医者なんだよという橘の言葉がきっかけで、ほう、お医者さまでも病いになるのかねと呆れると、花柳病専門の医者の癖に花柳病をやる人さえあるんだもの、驚くには当らない。――ここの医局にもそんなの居るかね。いるらしい、らしいを付けて置こう、我々の名誉のために。――然し自分でこっそり治療できるから便利だな。いや、自分では矢張り難しい、さりとて同じ医局のものにやって貰うわけにもゆかんから、他《よそ》の病院へ行くんだ。――ホホウ。そして前述の会話へとやがて導かれて行ったのであるが、それは兎も角、長身の篠原につづいて、橘の姿が小関の眼に映じ、二人は何やらまだ打ち興じながら呆然たる小関の眼前に来たのである。

よオ、珍しい。篠原は学生時代からの癖である、上唇を左の方にあげる気取った笑い方、それがもとは冷笑的に小関には見られたのだが、今は以前の刺《とげ》を失ったかわりに伊達者《だてしゃ》らしい気障っぽさに変った、そして上唇の下に並んだ白い歯は以前と変らぬ美しさの笑顔で大仰な叫びを挙げた。実に久振りだ、実に奇遇だ。篠原はさも感動に堪えぬといった風であったが、篠原の昔を知っている者なら、これは彼の心から発したものではなく単なる技巧に過ぎないことを直ちに看破《みやぶ》ることができる。この小説の第一節、食堂の所でちょっと紹介された傲岸《ごうがん》な篠原、あれが神戸に巨大な鉄工場を持った富豪の伜《せがれ》である篠原の生地《きじ》なのであって、それにその後加わってきた必要以上の感動癖と調子のいい慇懃《いんぎん》さとは、彼が左翼運動で得てきた技巧なのである。我々はあらゆる点で政治的でなくてはならないというのが彼の口癖であったが、ツンと取り澄まし他人の感情をまるで無視した口のきき方であった彼が、急に愛想よく応待しはじめ、相手の話に絶えず小首を振って、いかにも熱心に聴き入っているように装いはじめたのは、彼の所謂人心収攬《しゅうらん》のための政治的技巧であって、もとを知っている者にはそのわざとらしさがいやみに感ぜられ、却って彼に反撥する逆効果しかなかった。しかしその技巧はいつしか彼の身についてきて、彼がその短い左翼運動の経験で得たものといったら、或はこの技巧が今日に残っている唯一のものかもしれない。この技巧は小関も夙《つと》に熟知のところであるから、いま彼から感動の言葉を矢継早に浴びせられてヘンに拗ねたような顔を小関が見せているのは、そういう場合の多くの他の友人のように、チェッ、そらぞらしいと小関も亦反撥しているのではないかと考えられるが、小関にそうした強気の欠けている事は読者の既に知らるる通りである。

いずれ後程、略述するけれど、篠原という人物は小関にとっていつも苦手なのであった。だから奇遇の喜びは更になく、けれどそれだけだったら小関のような人間は、心にもない追従笑いをしてああなんてしばらくぶりだろう位の相槌は打たずにはおられぬのであるが、固い顔でただ頷くばかりの小関は――左様、彼自らにその時の気持を言わせるならば、次のようになるだろう。篠原辰也君！　キ、キミにまたしても会おうとは……。そして篠原君、君はなんと、昔のままだ。君は僕に会ってうれしそうにしている。しかし肚から喜んでいる訳でないことはチャンと知っているぞ。僕如きに会って君がうれしがる筈はない。が、それが昔のままだというんじゃない。キ、キミの強気、昔ながらの強気、こいつは僕の苦手だ。否、今はもう苦手ではない。僕も、はや世帯を持った一箇の大人だ。苦手になぞするものか。が、その強気は僕に苦しい、僕を圧迫する、僕を腹立しくする、僕を悲しくもする、つまり僕は嫉妬しているんだろう。おう失礼、キ、キミに会って僕はすっかり取乱して了った。僕はまだどこに君の強気を見たか、言ってないね。それを言いましょう。第一にあの笑い声、おお、なんと羨しいことであろう。僕はこの病院では不断よりずっと小さな声しか出せないんだ。時によると幾分の震えさえ帯びている。不断でも僕の声はボソボソしているがね。気兼ねだ。無料《ただ》で治療してもらっているとおもうと、気がひけてならない。自分が施療患者のような惨めな気がする。看護婦は勿論、小使にだってヘコヘコしている。毎日橘君を呼んで貰うのに、何か悪いような気がして腋《わき》の下にいっぱい汗が出る。小使に頼むのに一苦労だ。言いそびれて随分待つこともある。医局へ行く看護婦へ言えばいいのだが、それが言えない。左様、君は看護婦に冗談さえ言っている。(先刻、篠原を声援した看護婦が丁度通りかかり、彼は今度来る時、あんたの好物のどんどん焼を持ってきましょうと言い、まァいやな人と看護婦は笑ったのである。)ああ、なんとした事だ。わがもの顔に君は振舞っている。僕は羨しく、口惜しい。橘君とも、よオよオの間柄のようだ。そう親しかった筈はない。ここへ来てからそう成ったんだね。いずれは君も無料だろうが、畜生――僕はどうしてこうなんだろう。

所で、こうした気持で固くこわばった小関の顔は、篠原の次の一言で忽ち崩れた。小関君もトリッペルの口かい。描いたような美しい眉は以前と少しも変らないが、眉の下の眼は濁って生気を失い、なおその眼より一層明瞭に生活の悪さを示している眼窩《がんか》の黝いむくみ、以前にはなかったその変化に、小関は眼を注ぎながら、自分は禿頭で通っている旨を語り、どうして今まで会わなかったのだろうと表情のない低声で言った。つまらなそうなその問いに篠原も亦急につまらなそうな声に成って、昼と夕方と時刻が違っているせいであろうと至極当り前のことを言い、二人に目礼して便所へ去った。橘は雨の激しい窓外に眼をやりながら、篠原と銀座へメシを食いに行く約束なのだが、あなたも一緒につき合いませんかと言い、小関の返事を待たずにそのまま治療室へ彼を導き、小関は彼の背中を見ながら、あの――あの――と言い淀んでいた。小関の嚢中《のうちゅう》には二三十銭しかない筈で、二日おき位に朝でるとき五十銭銀貨を貰う習慣の彼は、いつだってそうなのであった。小関は椅子につき、電気灯が紫色の光線を放ちはじめると、いつものように顰《しか》め面《つら》をして身体を固くした。そこへ篠原が白いカーテンを無遠慮にあけてはいって来、今日の薬はえろう滲みた、痛え、痛えと大きな声を出した。もう少しの辛抱だよと橘が篠原にいう言葉は、小関に対する時とは打って変った親しくぞんざいなもので、篠原もまた、もう少しもう少しと言って、半年になるんだから遣《や》り切れねえと舌を出す有様である。そして彼はズカズカと小関に近寄り、眼を伏せた小関の前に立ちはだかって電療器をホホウと覗き込んだ彼の靴下が派手な模様の絹ものであるのに小関の眼がとまり、小関は思わず己れの泥まみれの靴下を椅子の下に隠した。茶色のその安靴下は幾度もの洗濯で色ははげ、踵《かかと》にはエンゼル・ハンド・ルームという、夜店で母親が買ってきた新案靴下かがり器で、豊美があてた黒いつぎがあった。とも色の糸を使えば、こうもべっとりとした補綴《つぎ》の感じにもならぬものをと、彼は妻の何事にかけても無神経であるのに腹を立てたのであったが、有合わせの糸を使うんではじめてつぎをする節約の意味があり、わざわざとも糸を買うんだったら、新しい靴下を買った方がましだというそれは母親きんの意見に従ったままでなのである。ところで、篠原はただに靴下だけではなく、船来の生地らしい変った色と織りの夏洋服、折目正しいズボン、横縞のワイシャツ（横縞がモダンだという事を勿論、小関は知らなかった。ただ高価な感じだけが分るのである。）緑のネクタイ等々、見れば見るほど小関にひけ目を感じさせる一方であった。足のすらりと延びた颯爽たる長身がまたそれらを一層ひきたたせていたが、小関がこのようにジロジロと観察できたのは、篠原が、然りつい十分前にああなんたる奇遇ぞと抱きつかんばかりの感動を小関に示した篠原が、今はまるでその小関がその場には居合わさぬかの様な態度で、橘だけと会話を交わしていたからであった。それは小関には却って気楽といえば気楽であったが、白々しい感じはやはり免かれず、己れはあの時みずから思った通り真の感動に所詮値せぬ人間かと寂しくもあった。しかし篠原にしてみれば、小関の態度こそヘンによそよそして取りつく島もない有様なのだ。世にはこういう人物がいる。——いつだって自分は実行力がない癖に、他人に対しては公式的な冷淡な左翼的批判を下すのが常で、あいつは堕落した、なっちゃないと言い、ではそういう御本人はどうかというと、口先だけの何もしない似而非《えせ》マルクス主義者、そういう人物の一人になったのかと、篠原は旧態依然として、むさくるしい風態の小関を睨んだ。そして一方篠原はモダン・ボーイ風俗にすっかり身を固め、事実身も心も「転向」したやくざな自分に対し、颯々《さつさつ》たるマルクス主義者だった以前の自分を知っている旧知の前に出ると、やはり忸怩《じくじ》たるものがあり、それに負けまいとするあせりから、敢えて小関を無視するような態度に出ていたが、小関の方では今は、何かと話しかけて貰いたい眼付でじっとこっちを見ているのであった。しかし篠原は橘が小関に話しかけるのさえも防ごうとするような勢いで、幕なしにしゃべり立てていた。ブージがやれるのは何時ごろかなと篠原は言い、ブージとは淋病治療の仕上げに尿道へ通す細管のことで、聞いている小関はなんのことやらわからない。あいつは痛くて実際いやだなという篠原の言葉から察すると、彼のトリッペルはこれが最初ではないらしい。だが、あれはやっておかんと後で尿道狭窄《きようさく》を起し、立ち割らないといかんことになるぞと橘は半分冗談のような顔付で言い、煙草をくれんかと手を出した。篠原はポケットから、しゃれたシガレット・ケースを取り出し、小関から見ると映画に出てくる西洋の紳士のような慣れた手付でポンと開き、自分も一本抜いて、橘に勧めた。橘はしかしケースごと受取り、仲々凝ったもんじゃないかと言い、不精髭の生えた口辺に微笑を湛《たた》えて、アの字から貰ったのだろう、これは女の趣味だ。篠原はチェリーを親指の爪の上でポンポンと叩きながら（こうした気障な動作のいちいちが小関の眼を見張らせていた。）気に入ったら君に進呈すると、得意げな面持であったが、その顔はいろいろと手入れを施すとみえ、妙に艶々しく、その底に生活の荒みを語る黝い翳が沈んでいて、以前にはなかった放蕩無頼《ぶらい》の風貌を見せていた。それは顔だけではなく、橘が、折角くれたものを僕が横取りしたりしてはアの字さんにすまない、君もアの字にもう少し誠意をみせてやらなくては可哀そうだと言ったのに対し、篠原はふふんと鼻を鳴らし、その鼻のさきで、右指を与太者のようにポンと鳴らした。そして左手はやくざな恰好でズボンのポケットに突き込んであるのだが、では一体今さっき手にしていた煙草は――煙草は口に銜《くわ》えた儘、そして銜えた儘うまそうに吸っている。これは野暮な小関などには仲々出来難い芸当であって、口付のある煙草でもむせて了うし、又口付でないチェリーは手で細工しながら余程上手に吸わないとベトベトに濡れた口許がすぐ破れてしまうのだった。どうもあいつの方がいつも大人だと、眼を伏せた小関に橘はもういいでしょうと言ってスイッチをひねった。

ふたたび篠原からも誘われた小関は銀座に同道することとなり、橘は医局へ鞄《かばん》を取りに行った。第二節に於て語った不愉快な狭い中庭、そこへ激しく横なぐりに、雨が降り籠めているさまを打ち眺めながら小関は、この分では、ズボンが又ビショ濡れであろうが、いずれは篠原のことだから銀座通りのしゃれたレストランへでも行くだろう、よれよれ姿を明るいシャンデリヤの下に曝《さら》すのは一体どんなものだろうと、行かぬ先から頰をもう赤らめて、羞恥《しゅうち》に身もだえしていた。油紙のようなレインコート（――と、レインコートを持たない小関はその夜、妻に説明した。）を既に着込んだ篠原が、この頃はどうですと、不得要領ではあるが、以心伝心的にピンとくる問いを発した。で、これがもし篠原だったら、チャチな出版社に勤めていますがね、いやはや味気ない貧乏サラリーマンになっておるデス、とでも答えたであろう。不得要領の問いを不得要領にしかつかめない小関は、徒らにドギマギして、……駄目です、エー、とこれ亦不得要領なことをぼそッと言って唇を嚙み、篠原は顔をツンとそむけると、なんだい、この実行力のない反省野郎め！　と眉を顰めた。するとその背後から、篠原君は今どちらへおつとめです。篠原は例によって唇を左へまげて、――ルンペンですよ、去年検挙されてから今年の春までまる一年起訴留保でどうやら不起訴になったが、今ではすっかり転向して、雑誌を出しています、小関君は御存知ないだろうが、「ヴォーグ」という流行雑誌、何卒御愛読をねがいます。笑いながらそう言って内ポケットに手を入れたと思うと、名刺をスッと出したが、咄嗟に取り出せるようポケットには名刺がいっぱいはいっているのであろう。小関などが定期券と一緒に二三枚の名刺を入れておく胸ポケット、篠原のそこには伊達の絹ハンカチがはさんであり、紫の模様がわざとはみ出ていた。――いいなア篠原君はと小関は鼻の頭を掻きながら急に感傷的な声を出した。なんというか、いつも、こう――自由奔放で、いいなア、篠原君は。急に打ちとけられて、相手は気味悪くただニヤニヤしていると、僕なんぞ因循で自分ながら厭《いや》になる、英語の本屋に毎日勤めているんだけど、つまらない、つまらないと言いながらいつの間にか年とって死んでゆくのかと、時折り考えて、くらーい気持になって了うんですよ。ここへちょっと疲れた笑いを挟んでから篠原に貰った名刺に眼を落し、銀座に事務所があるんですか、いいなア、篠原君は。――まだ三十だというのに、そんなに老い込んでは困るねと篠原は言おうとして、まだと言った儘、後の言葉はスーッとのどへひっこんでしまった。

小関の虚無的な気持、待てよ、そいつは俺のものでもある、同時に俺達と同時代の青年の大半が現在陥っている暗さだ、人間の性格によってあらわれ方は違っている、小関のような人間はその絶望感を顔にまでハッキリ出している。俺のような人間は女狂い、酒場遊び、馬鹿騒ぎにそいつを陽気に出している。――こうした考えが、ふと彼の頭を掠《かす》めると、陳腐な慰めは途端にひッこんで了い、さりとて理窟を述べ立てるのも億劫で、依然ニヤニヤ笑いを続けていたのであったが、小関の急変した言葉の背後に篠原のような裕福育ちの人間には分らぬ心理の動きがあった。小関はこれから皆と銀座へ行き、メシを食うとなると、奢ってもらわなくてはならず、篠原が世話になっている橘に払わせる訳はないから、金主は篠原と見当がつく。すると小関の卑しい貧乏人根性は殆んど無意識のうちに篠原に迎合しその御機嫌をとろうとしはじめるのだ。以上はそのあらわれなのであって、他の場合はいざしらず、篠原が勿体ぶって考えたような虚無感のあらわれでもなんでもないのである。そう言って来ると、篠原の荒んだ生活だって、虚無の致せる業《わざ》などというのは、なんでも自分をいい児《こ》にしたがる我儘な篠原の自己合理化であると考えられ、後節に展開される彼の情痴生活を見たら、読者もそういう筆者に賛意を表してくれるに相違ない。この場合なども、今の今までムッツリしていた小関が突然、掌をかえすように、いいなア、篠原君はなどということを連発し出した不自然さは、読者も変に感じたに違いなく、それに気付かぬ程の、篠原はいい気な甘ちゃんなのである。

遅く成って失敬と、ようやく橘が奥から駈けて来た。ちょっとしらべものがあったのでと言い、二人を追い越して先に玄関へ行ったが、橘も亦レインコートを片手にしているのが小関の眼を射った。そして所々穴のあき薬の滲みた不断見なれている汚い手術着の下から意外にも篠原のに劣らずリュウとした洋服が出てきたのを小関は見た。洋傘は彼のは絹張で、篠原のは小関とおなじく木綿であったが、小関のは見るからに安もので、ボコボコした生地で出来ているから大変重いのである。靴は、——小関は夏冬かわらぬ短靴をはいていた。二人は、雨になるとは思わなかったので白靴であったが、篠原のは褐色の皮で模様をつけた気障な靴だった。一体こうしたコマゴマしたことに眼がつき、気がつくというのは、小関が母親育ちのせいであるらしく、そうしては不必要にひけ目を感じている始末である。——折から工合よく病室の前に来た自動車に、篠原は慣れた手つきでストップを命じ、銀座まで五十銭でやってくれと傲然《ごうぜん》と言った。

扨て三人は銀座の不二屋へはいったのだが、その場の光景は省略させて貰いたい。何故なら三人は食事が終ってそこを出ると、彼等の所謂アの字のいる西銀座の酒場へ行った。筆者も亦読者と一緒に一刻も早くそこへ行きたい衝動に駆られ、メシを食っている無風流な場面などに到底停滞していられないからである。公平の意味からちょっと紹介するならば、――篠原はしょっちゅう出入しているとみえ、メニュも見ずに、僕はフレンチ・オルドーブルと悠然と言い、小関はどんなものだか知らなかったが、ボ、ボクもそいつと傍の女給仕に言った。ライスにいたしますか、パンにいたしますかと女給仕にきかれ、小関がゴハンと言うと、僕はパンだとこれは篠原である。そしてメニュに見入っている橋に、チーズをおかずにメシを食うというのは変梃《へんてこ》なものだね、この間なにげなしにメシを頼んだ所が、あれには参った。意味の分らぬ小関は篠原の笑いに迎合して、へ、へへと笑い、卓上花瓶の夏菊の花弁を無意識にむしり、傍の給仕の眼を見てハッと手をおろしたりしていたがややあって持って来た皿を見ると、なんと、チーズが豪然と光っているではないか、小関の顔はみるみる赤くなり、フォークを取ろうとする手が震えていた。

是と似た赤面を小関は再び酒場メーデルでもくりかえした。篠原は自分はオレンジ・エード、他の二人にはハイボールを注文したが、ハイボールというものを初めてのんだ小関は、何か篠原に迎合する言葉をとあせった揚句、これは口当りがいい、ハイボールというウイスキーはいいウイスキーですなア。一座はどッと笑い崩れ、篠原が赤ダコと渾名をつけている真赤なドレスの女給が、まア滑稽な方と嬌声を挙げた。ハイボールってウイスキーの名だと思ってんのね、この方。なおもズケズケと言おうとするのを篠原が、莫迦《ばか》！　と抑え、洒落のわからない莫迦はほんとに困りもんだ、こちらは帝大の英文科を出た学者だぞ、ハイボールは何語だか赤ダコ、お前知ってるか、いいか、この際教えてやるが、あれは英語というものだ、英語の学者が英語の意味を知らない訳はないじゃないか、こちらの学者は洒落のつもりで言っているのを、無学の奴は手がつけられない、小学校も出てない赤ダコがミリタリー・ポンカンと言うのとはちと訳がちがうんだよ。文字で書くとおそろしい剣幕のようであるが、勿論笑いながらであるから酒場では普通の毒舌である。ともかく、こうして篠原はすぐ救いの手を入れてくれたのではあるが、実際ハイボールをウイスキーの名だと思った小関は、アルコールの力も加わって忽ち真赤に成って了ったから、篠原の言葉は一座に余り効果を得られなかったようである。ちなみにミリタリー・ポンカンというのは――赤ダコは映画女優のミリアム・ホプキンスが殊のほか好きであったが、そのややこしい名がどうしても覚えられず、何かの機勢《はずみ》につい言ってしまった。あのほら……ミリタリー・ポンカンという女優ねエ。ミリタリーというのはミリタリー・マーチかなんかで頭にはいっていたのであろう。赤ダコの渾名がいかにもピッタリとくる、顔が丸く眼が大きく、その動作に滑稽なところのあるその女給は、客に時折り、あの女《こ》はすこしコレもんじゃないかと蟀谷《こめかみ》の辺に人差指を廻転し、どうもちょいとハーちゃんだねと言われるのであったが、そういう場合きっと朋輩《ほうばい》は膝を乗り出してきて手厳しく抗弁した。あの人、ハーちゃんなもんですか！　そして向うにいる赤ダコに狡い眼をチラとやって、とてもガッチリ屋なのよ。たとえば――と話し出す赤ダコのこきおろしは、女給によってそれぞれ五通りにかわっているけれど、（酒場メーデルの女給は全部で六人である）いま一例としてアの字のを紹介する。この間もお客さんが番外にと言ってお釣りを置いてったのよ、番外ッての御存知？　と言ってアの字はバットを一吹きプーッとやるが、何々ッての御存知というのはアの字が話に間を置く時の口癖であるから、チェッ、素人扱いするないと腹を立てるのはその人がまだこのバーに対しては素人な訳である。――あたしはその時隣りにいたから、お客さんが番外と言ったのをハッキリこの耳で聴いたのよ、で、あたしも狡いわね、バイ、バイと挨拶しながら横目で銀貨をチャンと睨んでおいたの、四つあったか五つあったかそこ迄は分らなかったけれど、その位は確かにあった。それをあの人ッたらひとりで猫婆をきめこんで知らん顔なのよ、そのお客さんは番外を置く位だからチップはいずれ相当はずんでる筈なの、それにお釣りをそっくり番外に廻す所を見ると、チップとして別に五円位渡したらしかったわ、胴慾にも程があるじゃないの、あんまりなめられた感じだったので帰りにみんなのいる所で言ってやったら、その弁解が振っているわ、番外はたしかに出したがたった一円五十銭、五人で割ると一人頭三十銭、これじゃおかしくて分けられない、それに五十銭玉ばかりだから釣銭出したりするんじゃ余計みっともなくて貰う気もなくなるでしょう、それに番外は普通五十銭ときまっているから、三人にだけあげようかとも思ったけど二人抜かしては不公平だし、たった一円五十銭ばかし、その内みんなに奢ればいいと思って貰っておいたのよとシャーシャーとしてるじゃないの、大した人物だわ。――アの字は胸深く吸い込んだ煙草を唇をとがらしてプーウと吹き、客はその口許を見ながらふーん成程ねと言ったが、ややあって肚の中で舌打ちをした。黙って聞いてりゃ、チェッ、番外を出せと言わんばかりじゃないか。このアの字を赤ダコは特に嫌っていた。大体アの字は誰からも嫌われているとはいうものの、アの字がその年の五月このバーにはいったばかりの時は赤ダコと大層仲よくしていたが、仲違いの原因というのがミリタリー・ポンカンによく似た事であった。赤ダコは安ルージュで真赤に塗りたてた上唇をそらせながら、例の癖をはじめた。ほら、なんて言ったっけ、仁寿講堂《じんじゅ》でよくやる芝居さ、エーとほら、テマなんとか、テマドル……。テアトル・コメディでしょうとアの字が言い、そうそうそれよと赤ダコは無邪気に微笑して話を続けようとした所へ、アの字が口を入れた。テマドルはよかったわね、キット幕合が手間どるんでしょうね。アの字は自分の駄洒落《だじゃれ》に得意の小鼻を蠢《うご》めかし、客たちの笑いをいざなう様に先ず自分でクックックッと笑うと、それを襲ってわッと哄笑《こうしょう》が挙った。一座にちょっと興を添えるつもりで言ったのが、こいつは傑作だ、手間取るコメディとはよかったと客たちの笑いは何時止まるともわからぬ激烈さで、こうした場合、自分も一緒に大きな口をあけてゲラゲラと笑いこけるのが常の赤ダコも、その時にかぎって、ヒーヒーというかなしげな笑い声であった。以来赤ダコはアの字がねーエと親しげに呼びかけても、もとのようになーにと応えず、ツンとしていた。そしてアの字が面《おもて》を伏せて去って行くその背中に、赤ダコは唇を歪めてこう言った。「改造」読んでいるからッて威張るない、なんでえ。

その夜、篠原達のテーブルの番はこの赤ダコであったが、橘のひやかし工合、それに対する篠原のおちつき払った態度から推して小関は、朋輩の女給が、アキちゃん、篠原さんよとアの字を大声で呼び立てる様を想像していたのに、赤ダコはいらっしゃいと言ったきり、一向にそんな風を見せぬ。が、これは赤ダコがアの字と反目しているからではなく、赤ダコは又篠原とアの字の関係を知らぬでもなかったが、小関が数年前の学生相手のカフェーの雰囲気でもって想像したようなことは、今日、銀座裏のバーでは到底行われないのである。そして小関が頗る気をきかした積りで、篠原君のその、アの字という方は？　と言い赤ダコがそっけなく秋子さん（アキちゃんなどとは言わない。）は奥のテーブルの、ほら、今マッチをすっている人よと言った、そのアの字は、はいって来た時、篠原に首をチョコンと振って挨拶したきりで、小関の想像したようにサッサと走り寄り、そのままそばについているといったような所を見せてはくれないので小関は、なんだ、篠原がただ惚《ほ》れてるだけかとニヤリとした。彼はここ数年カフェーに足を踏み入れたことはなく、まして銀座裏のバーなどはその前を通ったことさえないのだから、酒場メーデルのどこの令嬢かと見紛《みまが》うばかりの颯爽とした断髪洋装の女たちに彼は驚異の眼を見張らせ、その一人が淋病やみのいろおんなかとおもうと、嫉妬以上のものが滾《たぎ》りだしたのだったが、――なーんだい、片想いか、小関は身体の硬直がほぐれた感じで、それまでは浅く腰掛けていたクッションに思いきりどかりと靠《もた》れ、足もおもわず延ばしたが、泥まみれの靴に気付くとこれはあわててひっこめた。そしてややあってから、ハイボールというウイスキーの一くさりがあったのだが、一座の哄笑を篠原の例の毒舌がやっと収めた頃、アの字は初めて顔を出し、篠原にではなく橘に向って、し、ば、ら、くと笑顔を見せ、しかもその笑顔はほんの束の間で、赤ダコが立って行った椅子に、なんてムシムシするんでしょと言いながら篠原にはソッポを向いた儘、腰かけたその顔は実に冷淡なものであったから、小関はその推定をいよいよ深めるべき筈であったが、今の彼には生憎その余裕はなかった。それを取りなすつもりで橘が、あの子はネと、向うへ行った赤ダコを顎でさしながら、モジモジと手を揉んでいる小関に言った。鶴をつるして喜んでた、いつかの膀胱結石の患者、――初めて君が病院に来た時、シャンがいるねと言ったあのお嬢さん、あれと大体同じなんだ、ここがねと橘は自分の頭を叩いて、気にしてはいけませんよ。すると小関は顔を再び赧《あか》くしてしまい、彼の前のアの字が、あの人とどうかしたの、こちらと言った。いや、なにと言って、篠原は冗談を言おうとする時の習慣である独り頷きをして、この僕の旧友がね、赤ダコを一目見てすっかり惚れてしまったんだ、そして結婚してくれとあんまりせっかちに言ったもんで、赤ダコの奴め、眼を白黒させて初めてお眼にかかってものの十分もたたないのに……と怒った訳さ、あんまりほんとのことを言えッてんだ。篠原の酒場擦れのした言葉にアの字も、まア頼もしい方ねと笑い流し、無遠慮に足を組んだが、茶褐色の靴下に包まれたほっそりしたその足は、その丁度真正面に顔を伏せていた小関の眼に消し難い印象を与えた。

第四節

コツコツと扉を叩く音に篠原は眼を覚まし、隣りに寝ている秋子を肘《ひじ》でついた。第三節から一週間ほどたった或る朝である。うーん？　と寝呆《ねぼ》けた声を出しこちらに顔を向けた秋子に、篠原は怒ったような声で、誰か来たと言った。秋子は髪をガリガリ掻きながら、いずれは洗濯屋か弁当屋だろうが煩《うるさ》いなといった調子で、どなたアと言うと、ちょっと開けて下さいというアパートの主人の声に不承不承、寝床から起き上った。そしてシミーズ一枚の寝たままの恰好で扉の鍵をガチャリとはずすのを見て、篠原は蒲団《ふとん》のなかにもぐり込んだ。扉を開ける音がし、暫くして、別に変りはないようだねという声がし、ハテと篠原が耳を立てると、そこに寝ている人はときかれた。篠原はあわてて起き上り、戸口に突き立った巡査とその背後のアパートの主人に向ってふたつお辞儀をし、いや、どうもと言った。君はなにかね？――僕はこの人の……え、この人をちょっと世話している者ですが、昨夜ここで晩《おそ》くなったものですから。――時々泊るのかね？――時々という訳でもないですが。そう言って彼はついニヤリとした。巡査は彼の住所姓名をきき、え？　え？　と幾度も聞き直して書きとめ、不機嫌な顔で立ち去った。ああ驚いたと彼はまた横に成り、何時だいと言った。秋子は机の上の腕時計を見て、ぶっきら棒に十二時二十分と言った。もうそんなに成るのかね、まだ眠いなア、どうする起きる？――

秋子は答えず、机に肘をつき、ぼんやりと半分閉じた方の硝子窓を眺めていた。臀《しり》の両脇に足を出した、よく言う貝が舌を出しているみたいな坐り方の秋子にチラと眼をやり、彼は寝たまま手を延ばしてバットを取り、おいマッチくれ。机の上のマッチを秋子はやはり黙って彼の枕許に投げた。どうしたんだ、いやにむくれてるね。別にその答えも期待しない調子で、天井を眺めながら煙草をうまそうにのんだ。しばらくあって、ね――と、秋子が彼に背中を向けた儘の恰好で言った。ね――、何故僕の女房ですッて言わないの。――女房？　君は僕の女房じゃないもの。――今はそうじゃないにしろ、そのうち女房になるんだと言えばいいじゃないの。――未来の女房か、そう言えばそんなような歌があったなア、今はぬしさんの為にどうとかだけど、あたしゃ未来のなんとかの女房コリャコリャ。――よして、ふざけるのは、あたし、本気で言ってるのよ。――チェッ、俺だって本気だよ、本気だからこそ未来の女房ナンテおかしくって言えやしない。――じゃ、あたしは未来の女房じゃないって訳？――よせ、未来の女房ナンテ田舎臭い言葉は。――じゃ、よすわ。そして暫く秋子は黙っていたが、あたし、嫌い、世話してるナンテ。――こりゃ、おかしい、嫌いも好きもないじゃないか、犯すべからざる事実だもの。――事実？――事実じゃないか、僕は月々ちゃんと君を世話してるよ、月末にね。――ずっと世話する積り？――ああずっとする。――いつ迄たっても？――ああ、いつ迄たっても。――つまりあたしはいつ迄たっても世話している者なのね、いつまでたっても妾《めかけ》なのね。――妾？　君は妾じゃないよ。――なら、何故、女房とハッキリ言わないの。――莫迦だな君は、あの場合、女房ですッて言ったって、じゃ何故女房と一緒に住んでないと言われりゃ駄目じゃないか。——ですから、そのうち……。——そんな子供だましみたいな返事は通らないんだよ、それで通る位なら女給が自分のアパートにお客を引ッ張り込んでドンドン密淫売《みついんばい》出来るッて訳だ、だからいっそ世話してるんだと高飛車に出た方がいいんだ、妾は合法的な存在だからね、分ったろう。——ええ。——分ったら、こっちへ来なさい、そんなソッポを向いてないで。篠原は手を延ばして乱暴に引張ると、小柄な秋子の身体が仰向けに倒れて来た。おや、君は泣いてるんだね。そして彼が、莫迦だな、君はと言うと、秋子はくるりとうつぶせに成り肩を震わせて激しく泣き出した。その小さいが肉附のいい身体を彼は眉を寄せて冷然と見ながら、この女は俺に惚れている、けれど俺は——俺もまあ惚れているさと頷き、その眼は漸く欲情に輝き出した。

それから一時間ばかりの後、同じ部屋の隅にある流し場でシュッシュッという音がきこえたが、これは萌《もや》しをフライパンでいためているので、それにまじって秋子の機嫌のいい声が、——ほんとに海へつれていってね。ああと、気の無い返事の篠原は窓に靠れて外を眺めていたが、ここの朝顔は葉ばかりで花がちっとも咲かないじゃないかと言った。陽がちっとも当らないからなのよ、丁度私みたいに日蔭者の身の上で、イーッに成ったらハナが咲くゥと後は歌の秋子の言葉には前のような愁いはなく、篠原は窓外の朝顔の葉が梧桐のように大きく、気味の悪い毛がその表面に白く光っているのを見詰めたままでいると、ちょっと、十銭入れて、瓦斯《ガス》が切れそうだわ、早く早く。よし来たと篠原は机の上の蟇口《がまぐち》に手を延ばし、十銭銀貨をさがすと長い身体を不精に倒し、寝たまま、瓦斯計量器に銀貨を入れた。そしてドテンと身を投げた儘で、ああ腹が減ったと言い、秋子の裸の足をちょいと引ッ掻いた。駄目、いたずらしちゃ。秋子はその小さい足で彼の手を踏むような恰好をし、そんな所に顔を出していると油が飛んで火傷しても知らないわよ。ああ、あぶねえと彼は叫んだが、言葉ほど身体をずらさず、そのまま畳に肘をついてシミーズ一枚の秋子を下から打ち眺めた。君は実際チビに見えるんだけど、背丈は普通の女とそう違わないのにどうも変だ、小さいなりに生意気に身体の均斉が取れているせいかな、うんそうなんだな、日本の女は背は小さくても胴は大概同じ長さで、だからそうチビには見えないんだが。秋子は相変らず食事の用意に忙しく、篠原の言葉になんの返答も与えなかったが、頭では別のことを考えていたらしく、やがて彼女はそれを口に出した。あたし、お部屋がかわりたいわ。——(篠原も亦アパート住いであったから、一緒のお部屋に移りたいと彼女は言いたかったのであるが、それは口に出なかった。篠原は銀座のアパートにいたが、そこは彼が出している「ヴォーグ」の編輯所にもなっていて、秋子は一度訪れたきり、人目のはげしい所だから来るなと篠原に言われた。)濡れ手拭で汗をぬぐっている篠原にチラと眼をやって秋子は、このお部屋とても暑いでしょ、風が全然通らないんですもの、流しで炊事をすると瓦斯の熱がお部屋に籠って了って困るのよ。——二階の部屋に移ったらいい。二階はいっぱいなの、それにあたし、このアパート嫌い、どこか他処《よそ》へ移りたいわ。——そのうち探すんだね。篠原は余りこれに触れたくなかった。同棲《どうせい》を避けたい点ばかりでなく、引越しとなると敷金その他で金を出さなくてはならぬからで、この部屋だってしかし棄《す》てたものでもあるまいと言いたげな顔で、天井など見廻していたが、風通しの悪い不愉快な部屋であることは彼もかねて感じていた所である。この部屋について廊下を廻った奥は便所であったから、便所とこの部屋とは大体並んだ恰好で、手洗場の窓からはこちらの窓が覗け、そこから手をのばすとこちらの流しの窓に届く。同じアパートで顔見知りの独身の勤人が、日曜の朝遅く便所に立った時など、手洗場から流しの窓をこじあけて、まーだ寝とるですかとお国訛《くになま》りに相応《ふさ》わしい図々しさで部屋のなかを覗きこむことができる。まーだ寝とるですと返事をすると、起きて一緒に活動写真へでも行かんですかと言う。あつかましいわねと秋子は篠原にその話をした時、剃《そ》り落して無い眉のあたりをひそめて、そう附け加えたが、そうした突飛なことを案外悦んでいるらしい秋子であった。篠原が泊る時、秋子はスリッパを部屋の中にしまい込み、そしてこの流しの窓に錠をかけ、尚、流し場と部屋との間のカーテンをきっちりしめてから、扉の鍵をおろすのが常であった。これで、便所からの無遠慮な挨拶は防ぐことが出来た訳だが、便所の隣りに位置する為の不愉快さはそれだけにとどまっていなかった。よる夜中、スリッパをパタパタいわせて駈け込む者、水洗便所のジャー、それから——（余り尾籠《びろう》にわたる故、以下省略す。）

篠原が初めてこのアパートを訪れた時、ちょっと見られる外面の作りにも拘らず、内部の部屋の粗末さには呆れたものであったが、今こうして天井を眺めている彼は、そのひどさにもう慣れてしまっているのに気付き、苦笑が浮んだ。頑固な節穴だらけの為であろう、全然鉋《かんな》のかけてない凸凹の柱に塗った安ペンキは、いかにも安ものらしい淡青色で、暑気に溶けてくる訳でもあるまいが、ながく寄りかかっていると衣服がベタベタとひッつくのである。そしてその淡青色は、彼が学生時分の好奇心であやしげな神戸行の船に乗って帰省した時の、暗い三等室をふと思い出させたことがある。同室に海外へ売られて行く淫売婦達がいたが、その印象も同時に蘇《よみがえ》って来た。明るいだろうと装っている淡青色の安ペンキはそうした記憶を離れても、暗い影を曳《ひ》いている色だと、彼は柄にもない詩人的な感想を抱いた。そして又、北向きのこの秋子の部屋は暗澹たる三等船室にも劣らぬ暗さであった。その暗さを或は幾分なりとも救うつもりのアパートの主人の魂胆かもしれない、柱ばかりでなく窓枠でござれ壁板でござれ、木という木には悉《ことごと》く淡青色のペンキが塗ってあるのだが、これは却ってどうにもしようのない暗さを一面に匂わせたに過ぎないと篠原は思った。

一体、篠原がこの秋子を銀座裏の酒場メーデルではじめて見たのは、今からまだほんの二月ばかり前のことであった。「ヴォーグ」にモダン小説（——と銘うってあるのだが、どうした意味のものか分らないし、又内容も何を作者が書こうとしているのか薩張り分らない小説である。）を書いている友成達雄——読者はこの名を既に御存知であろう、第一節に登場して来た時は彼はまだ高等学校の生徒であった、偏窟豚児こと小関健児を富士見軒に無理やりに連れ込んだトム、彼は種々の事から放校され、やがて略述せられるであろう諸々の曲折を経て今は某新聞の音楽担当の記者であるが、自らは新聞記者と言われるよりモダン派の作家と呼ばれる方を好んでいる、この友成達雄が赤ダコに惚れていて、篠原を誘い、酒場メーデルに行ったとき、彼等のテーブルの持番が秋子であった。これ又ヨキではないかと篠原が彼等の間の流行語を、秋子の背後に投げると、あれの亭主はどうやら文学青年らしい、ちと小生意気な女であってわしは好かんという友成の返事であった。注文のものを階下から運んで来て、秋子は彼等の前の椅子にそのこぢんまりした身体を投げると、無雑作に足を組み煙草頂戴と言って篠原のチェリーからさっさと一本抜き、なれた手付で吸うのである。そして言った。チェリーはまずい、やっぱりバットが一番おいしい。——だったら、そんなにうまそうに吸わないがいい、と言おうとした篠原に、あなたはどうして御酒を召し上らないんです。——いいお嫁さんを貰おうと思って、神様に願をかけ酒絶ちをしているんだ。——どうですかね、神様じゃなくてお医者の口じゃありません。こうズバリとやられると篠原は糞《くそ》！　とおもい、トリッペルで当分飲めないのだと明瞭に言った。陸にあがったなんとかみたいだ、同情してくれよ。——同情とは押しがふといと、成程友成の言った通り、可愛げな所のない口のきき方だった。さんざいい事をした祟《たた》りじゃないの、微塵《みじん》も同情の余地なんか無いわ、ねえ友成さん。——わしゃ知らんね。友成は他のテーブルにいる赤ダコの方ばかり見ていた。こいつ、トムの言う通り碌でなしの文学青年の嬶《かかあ》にちがいない、この飛んでもない悪趣味は確かにそうだ。篠原は余程口惜しいと見えて、右足で所謂貧乏ゆすりをしていたが、両の眼は、釘付《くぎづ》けにされたように秋子の顔を見詰めた儘《まま》であった。――それから数日後、どちらからどう持ち出したものか、桜木町行の電車の一隅に篠原と秋子の顔が見られたのであるが、開いた窓に肘をやって風に断髪を嬲《なぶ》らせ眼を細めている秋子の顔には、甲斐性《かいしょう》のない亭主のその癖嫉妬深い眼をまいて、そんなら今隣りにいる男が好きかというと決してそんな感情の持てない――つまりくさくさした日常から離れての一日の行楽に利用するには、まあ適当した男、それと一緒にいる、恋人同志なんぞと間違えちゃいやよ、といった風なものがあった。――と、推断している篠原の顔は、ではどうだったか。真すぐ前を向き、空をぐッと見詰めている眼は、その眼の奥に焼き付いて離れようとせぬ秋子の頬の愛らしい黒子《ほくろ》、そいつを壟断《ろうだん》している秋子の亭主に対する嫉妬でギラギラしている様に見えた。ところが唇は、――口角に肉が迫って隆起を見せている所など、顎下の豊かな肉附と共に如何にも精力的な、それ故若干野卑な感じさえある、そうした感じに囲まれたこれ又精力的な分厚い唇は、秋子に対する隠された憎悪で歪んでいるようにも見える。お前に惚れている弱みで利用されている様だが、しかし、見ていろ、お前みたいな奴はテンデ問題にしてはいないのだという所を見せてやるぞ、そういう考えをその唇は示している様でもあった。

桜木町に電車がつくと、篠原は降りようという意味で秋子に一瞥を投げ、そのままドンドン大股で先に行き、秋子は余程あとから蹤《つ》いて行った。秋子を良く知らない人は、その顔、そしてその歩き振りから、ほほう拗ねて居ると思うに違いないが、実際、――笑うと非常に愛嬌が溢れるその笑顔を以ってしては想像もつかない程、彼女の素顔は冷淡をきわめ、気の弱い小関などの眼には怒っているとさえ映ずる所の、一種つッかかってくるような線をその素顔は見せているのである。そしてその歩き振りも、乳房の程良く張った胸を真すぐにそらせ、顔を昂然といった風にあげ、ハンドバッグは小脇にかかえるのではなく、今にも落しそうにして手にぶらさげ、その手も勿論あいている手を大胆に振って歩く恰好は、所謂ブリブリして拗ねているように観察せられるが、それが彼女の普通の歩き方なのである。篠原が嘗《か》つてそれを指摘したら、内心に絶えず怒りを蔵しているせいであろうという、篠原などがよく使うような意味の答えに、どういう怒りかね、それはと篠原は冷笑的な調子でわざと聞いた。秋子はフフと鼻を鳴らし、説明しなくたって分るでしょうといった顔をした。チェッ、深刻がるない、篠原は肚の中で舌打ちをし、過去に左翼的色彩があったなどというお前の口を誰がほんとにするものかという顔をしたことがあった。——桜木町の駅前で篠原は南京街へと言い、自分で自動車の扉をあけて、はや片手をあげ、振り返って秋子をおーいと呼んだ。それを見た秋子は別段頷きもせず、そして急ぎ足でもなければ又わざとゆっくり歩いている風でもない普通の歩調で、まだ駅内をあるいていた。——支那料理屋の二階で、彼はなんでも好きなものを注文し給えと言ってテーブルを立ち、片隅の扇風機のスイッチをひねると、その前に立ちはだかってネクタイをゆるめたその様子には、このランデブーをあまり楽しんでいないような、或はすでに倦怠《けんたい》を感じているような風であったが、秋子が料理名の下に小さく書かれた片仮名を、声を出して読み、これ、おいしい？　と甘えるような調子で言うのに、うーん？　と振り返り、彼を見上げている秋子の顔に一瞬ぐッと眼を据えた、その眼にはたしかに愛情的な光りがあった様である。食事をすますと彼等は新山下公園へ行った。樹蔭のベンチはいずれもふさがっていたので、芝生にはいり、灌木《かんぼく》の蔭に彼は自分のハンカチをひろげ、さアと言った。秋子は子供のようにウンと言うと、無雑作にその上に腰をおろした。彼は並んで坐り、今こそあれを言おうといらいらと顎を撫でくり廻しているうちに、ふといやに成り、こうして並んでると恋人みたいだと言った。あれというのは、——君には現在夫があるのかね？　ということで、絶えず気に成っている疑問でありながら、唇にのぼすのが億劫なのであった。夫があるという答えを得ても自分には些かの動揺もない、無いと言われてホッとするような平凡は自分はきらいだ、——では訊ねる必要はないではないか、と思いながら矢張り気に成り、その癖口に出せない。その訳は自分で分っているようで又分らないのだった。——彼等の前を、彼等を見ながら、三人連れの学生が通りすぎた。学生達はすこし行くとコソコソと耳打ちをし互いに頷き合うと、彼等を振り返り一斉に奇声を発した。羨ましがっている、篠原はそう言って再び、こうしていると全く恋人みたいだと言った。フフと唇を歪めている秋子の横顔を彼は見、その顔は彼の口説的な言葉に乗ってこない顔だったので、眼を彼女の膝の方に落し、彼はああ、これはと言った。学生達の声は羨望のではなかった。君——みっともないから、膝を立ててるのはよしたがいい、でなかったらスカートを引張るとか……。その語気は、彼の言う「恋人みたい」の雰囲気では想像できない荒々しいものであった。秋子は悪戯を見咎められた子供がするみたいに、ベロを出し首をちッと縮めると、スカートを両手で引張り、覗いたりする奴がわるいのよと唇をとがらし、いつ迄でもぐいぐいと引張るのである。そんなにすると破ける、そう言う彼はもうニコニコしていた。君はまだ子供なんだね。——あら、子供じゃなくってよ、あたし二十四よひどいわ、イーだ。

やがて彼等は肩を並べて、公園の砂利道を歩いていた。肩を並べて、否、六尺に近い彼と小柄な彼女とは、友成は、ちとグロテスクな風景であると、卑猥な笑いを浮べて評したことがある、そんな恰好だったが、彼はこごみ気味で、時々、え？と言って下げた首を彼女の顔に近づけ、彼女の話を聞いていた。話というのは、彼女は十九の時、A—という画家と結婚したというのである。画家は彼女を大層愛したが、彼女は——（彼女の言葉で言えば）だって、大概がっかりするじゃないの、押入に読み古した講談倶楽部が三冊積んであるきり、本と名のつくものはそれきりしかないのよ、一遍で愛想が尽きちゃッたあ。A—と結婚して彼の下宿へ行った最初の印象を、彼女はこう語った。彼女は両親をはやく失い、当時新聞社に勤めていた兄と一緒にいて、彼女は喫茶店へ出ていたのである。A—とはこの喫茶店で知合いになったのであるが、結婚といっても同棲みたいなものであった。この同棲は、いかにも浅墓《あさはか》な喫茶店少女の憧《あこが》れ、——たとえ講談倶楽部三冊のかわりに万巻の書が積まれていようと、分りもしなければ又読もうともしなかったろうが、色とりどりのそうした書籍に取り囲まれての「芸術」的な生活、緑色のカーテンには春光が麗《うら》らかに照り映え、窓下につるされた鳥籠ではカナリヤかなにかがチチと啼《な》いてもいよう、あなたア、ちょっとお休みにならない、お仕事をあんまりおつめになると身体に毒よ、——ああ有難う、A—は絵具で汚れたブルースの儘椅子に腰かけると、秋子はいそいそとコーヒーをつぐ、こういった通俗小説のような「芸術」的生活を夢みていたのに、——その夢想がものの見事に破れ、秋子はすぐとA—の荒涼たる下宿を飛び出して了ったのである。でも随分つきまとわれて困ったわと、秋子は言った。しまいには、お前と別れて俺は生きていけないと言って、あたしの見ている前でおなかへ刀を突き通したのよ。——おなか？　篠原が耳を寄せると、秋子は自分の腹に人差指を突き立て、こわかったわ、あたし。そして篠原が、なんだ莫迦莫迦しいといった風な顔なので、秋子は、ねーエ、そんな所見たことある？　と、今までは顔を真すぐ前にむけたまま独りごとでも言うみたいな風だったのに、今は彼の顔をじっと見上げ、責め立てる様な口調で、ねーエ、あんた、見たこと無い？　凄いわよ、刀をグッと突込むと、そうねエ、なんというか……、周囲に眼をやって形容詞を探すうちに、彼方の噴水に眼をとめ、ちょッと、ちょッと、あれ、まるであれなの、と彼の肘まで引張って、丁度あれみたいに血がプーッと吹き出てくるじゃないの、あたし、驚いたわ。そう言って生唾を呑み込む秋子に、ホントですかねエと篠原はとぼけると、あら、あたしウソなんか言わないわと彼女は妙に真剣な調子である。——ところで、こういう工合に、女がその過去を語るのは男の気を惹く手段である如くに、筆者はかねて聞き及んでいるのだが、秋子はそういう積りで言っているのでは無いらしく、篠原も亦そういう積りでは聞いていないらしい。然し二人の心が仲々近づいているらしい事は見のがせない所であって、不断の秋子であったなら、この場合などは当然、ツンとしてソッポを向いて了うところであるのに、ねえ、ねえ、ウソだと思ってんの、ねえと彼女は篠原にこの話の真実を信じさせようとし、彼から確答を得るまで飽く迄迫ったのである。——それからしばらくして、どういう話の筋道を辿ってだか、篠原は前にも言ったことを又言った。君はまだ子供なんだね、身体つきも十七八にしか見えないけど。前の時には、秋子の子供ッぽい媚態《びたい》に誘われての愛情的な潤いがあったが、今度は幾分、冷笑的なものがあった。だから秋子も露悪的な調子でこう言った。そういえば、あたし、子供がちッとも出来ない、避妊のあれしてる訳でもないのに。——ほほうと小首を小刻みに振った篠原は、秋子の恬然とした露骨さにやや辟易した貌《かお》であったが、彼とても露悪的傾向にかけては普通人は勿論、そうした傾きのきわめて強い彼の仲間の誰にもひけを取らぬのであって、秋子は——彼女ももともとその傾きはあったが、篠原に誘導されたところが多分にあった。篠原が友成の言によれば「世界の苦悩をひとりで背負っているみたいな顔付で、その淋病をみんなに触れ廻っている」のは、他でもない、彼の露悪的な好みがさせる業で、寧ろ露悪に淫した彼の言動は、露悪好みの友人でさえ秘かにひとしく顰蹙しているところであったが、その彼が露骨にかけては、秋子に負けている筈は無く、嫉妬しないのは——と、上唇を左の方にあげる例の笑いを浮べて、——それは君が子供のせいじゃないさ、君があんまりいろいろな男と接した為だよ、ああそうともさ、商売女を見給え、絶対に嫉妬しないからね。秋子はキッとなって何か口早に言ったが、折から二人の横を砂煙をあげて走り去ったオートバイの爆音に消されてきこえず、でもその表情から意味は汲めるので篠原は、――だって、君は自分でのろけたじゃないか、A――とかそれから……いろいろ……。秋子の汗の浮いた鼻の頭からさッと血の気がうせて、いろいろだナンテ、まあひどい、あたし、A――とN――のことしか言わないじゃないの。（N――は秋子が初めて知った男で、彼には妻子があり、そしてA――と結婚したのだがA――の所を去ると、又N――との関係が続いたと彼女は先に語った。）――白状したのはそれだけだけど、まだまだ前科のある顔だよ。篠原は、秋子がほんとうに怒ったらしいのに内心やや周章《あわ》てながら、諧謔《かいぎやく》でまぎらす積りだったが駄目だった。――前科ナンテ人を馬鹿にしてるわね、まあ口惜しい！　秋子の頰にポロリとうそみたいな大粒の涙が伝わった。――君、今のは冗談だよ、ごめん、ごめん。彼は秋子の手を取らんばかりの恰好で、駄目だよ、往来で泣いたりしちゃ、謝まる、ほらこの通り。――あたしのこと、商売女だナンテ……。そう言うと、彼女は子供のようにワーッと泣き出し、顔を手で蔽って傍の植込みの中に駈けこんだ。彼はその後を追おうとして、周囲を見、やめて、みんなが見ている、ね、ほんとに謝まるから泣くの、よしてくれ、そう言いながら、この女、俺に惚れてるぞと彼は肚の中で思い、香水のついたハンカチで頸を拭った。自分をズベ公と思わしたくないんだ、ふふん。そしてポケットからチェリーを出し、親指の爪の上でゆっくりと叩いていたが、植込に隠れた彼女も亦、あの人あたしに惚れてるんだわと呟き、ちょっと舌を出し度い感じだった。前の男のことを妬いているのに違いない、そいで、あんな嫌味を並べたんだ、まあ面白い。そしてケロリとした顔で出て行くと、チェリーを気障ッたらしく銜えた男の顔も、ほんとに謝まると言ったそんな顔ではないので、あたし、独りで帰る、あんたみたいな人と遊ぶのいや、と言ってどんどん歩いて行った。まあそう言いなさんな、君はユーモアというものを解しないから困る。後から蹤いてくる篠原に、くるりと顔を向けて、あんなの、ユーモアじゃないよオだ。——暫くの間、二人は黙りこくって歩いていた。

その夜、二人の姿がオデオン座の二階で見られた。どうやら仲直りをしたらしい彼等のまわりでは、西洋人の男女がごく自然のポーズで肩をつけ合い、女の肩にぐるりと大きな手を廻している碧眼《へきがん》の青年も間近にいた。場内は夏の日曜らしい閑散さであった。篠原は秋子のうしろに肘を立て、しばらくして腕を延ばすと、彼女はその腕のなかにそッと凭れて来た。彼はそうした彼女を横眼で窺いながら、延ばした手のさきで彼女の裸の肩を抱いた。その肩は汗ばみ、しっとりと冷たかった。映画がはねて外に出ると、秋子は遅くなったから、かーえろ、と——丁度子供が「蛙が鳴くから帰えろ」と言うみたいなやんちゃな独りごとを呟くと、篠原に眼もくれず伊勢佐木町通りをドンドン歩いて行って、酒場のレコードで覚えたらしい外国の流行唄《はやりうた》のメロディを、ラッララと低いとはいえ兎も角声をだして歌うのだったが、そうした彼女に、篠原は人波をわけて、やっと追いつき、駄目じゃないかとその肩を抑えつけた。そして咽喉が乾いたから何か飲もうかと言うと、彼女は首を一遍上にあげてから顎が胸につく位大きく首を縦に振る嬌慢《きょうまん》な頷きを見せ、そして傍の喫茶店に先に立ってはいって行った。クリーム・ソーダをつづけさまに彼女は二杯飲み、その間も如何にもせっかちにバットをスパスパ吸っていた。その店を出、東京まで自動車《くるま》で行こうと彼女が言うのを、彼はわざと意地悪に出るといった顔付で、桜木町駅迄歩かせた。

電車が川崎あたりに来た時、彼は一風呂浴びて帰ろうとさりげなく言った。身体が汗でベトベトだ。汗をサッと流して帰ろう。どういうかと息をこらして窺う態の彼の眼に映じた彼女の表情は、至極曖昧であって、そうねえという彼女の返事はためらったと取る可《べ》きか、何か他のことを考えていて彼の言葉をはっきり聞いていないと取る可きか、これ又曖昧であったが、彼は足を傲然と組み直すと、窓外の闇に眼を放って、大体オー・ケーだと自分に言った。すると突然、イヤ！　イヤよオ！　というきびしい声に、え？　何が？——表面とぼけた言葉だけに、それだけ彼は内心あわてていたのである。何がイヤなのさ、え？　と、彼は彼女の顔を覗き込むようにすると、顔をツンとそむけた、その彼女の背には汗が滲み出ている。見給え、君もベトベトだ、この汗を流そうというだけなのに、それを君はヘンに取ってるねと言おうとして、彼は思わず笑い出してしまった。彼が独りでクックッと笑っていると、なにがおかしいの、おかしな人と言って彼の方を向いた彼女の顔も案外笑顔に近いものであった。だってサ——彼は数多い漁色の経験で、ここが大事なところだと冷静に自覚でき、それ故、後で引張る網にはっきり手応えのある様、ここでは一応網を放って投げ出す風を装う必要を心得ていた。——一風呂浴びようと言っただけで、どこと言うのを僕は忘れていた、それに今ふと気がついて、可笑しくなったのさ。——これは事実であって、この俺のしたことがいつになく周章ているのと思うと、本来なればもはや笑ってはいないところを、そこがその例の必要で、どんどん笑いを続けなくてはならない。——ところで、君はそいつをヘンに早合点して了ったらしい、可笑しいじゃないか、君にとって僕が初めての男でないのと同じ様に、僕だって憚《はばか》りながら女は初めてじゃない、そういう僕がそういう君を、もし誘惑する積りだったら、一風呂浴びると見せかけてヘンな真似に出るような、そんな汚い手は使わないね、単刀直入に僕と浮気しようと僕は言う、いやならいやで、ああそうですかと引き下るだけの話、女を騙してまで連れ込もうとは思わない、それにそんな見えすいた手に乗ってくるような女でも、君はあるまいし、そんな手を用いる汚い根性と僕を誤解されては情けない。そう言って彼は、ねえ、そうじゃないですかと念を押して作り笑いをし、汗を流すナンテもうやめだと言った。この彼の、もっともらしく聞こえる科白《せりふ》とその肚とはまるで反対なのであって、それを又秋子はちゃんと見抜いている様にも見られる狡るそうな笑顔であった。が、大森へ着き、彼がやはり一風呂浴びようと言って降りると、その後に従った彼女には別段目に立つほどの躊躇の気配はなかった様だ。お互いの気心がもう分ってるのだから、サッパリした気持で大急ぎで汗を流して帰ろう。帰ろうに力を入れ、ここからはもう押しの一手だという気持を足の運びに出しているみたいな大股でプラットホームをのッしのッしと歩くのだった。駅前で自動車を拾い、さあ、さあと言って彼女を車内に押し込むようにした彼は、何か言いたそうにしてやめた彼女の顔に、思いなしか、悲しい影がその時走ったのを見たけれど、彼の眼は勿論、それを避ける如くに他へ転ぜられた。そして、早くしないと帰れなくなると、空《そら》を使うのだった。

ケバケバしいネオンの光りの下で、二人は車を降りた。京浜国道を挟み、各々の名を色とりどりのネオンで張り出した大きな待合がずらりと軒並にならんでいる、その風景に彼女は眼を見張って、まあ素敵ねと穏かな声である。白面《しらふ》では初めての彼が却って、さあ急いだ急いだと周章て気味であった。彼女は静岡から出てきてまだ二月とはならないという彼女の話であった。有名なこの地域をまだ知らないらしいと彼は思った。屋内にしつらえた太鼓橋の上から彼女は人造の池をのぞき込み、まあ沢山な金魚——とそのまま足をとどめているのを、さあさあと彼は怒ったような顔で促し、この女、もしかすると駄目かもしれんと思った。部屋に入り、女中にすぐ風呂をと言って、彼はやはり落ちつかぬ想いであったが、彼女は丁度支那料理屋に於ける彼のように、扇風機に悠然と胸を向け、ああいい気持と屈託のない声で眼を細めるのに、虚勢とも違うようだがと、彼は彼女の真意を測りかね、便所に立つ振りをして風呂場に行き、風呂番に一円つかませ、ゆっくりやってくれと言った。で、風呂は用意が出来た旨なかなかしらせが来なかったけれど、彼女は別段遅いとは言わなかった。そしてやっと女中が顔を出し、君、さきにやり給えと彼女を立たせ、彼女が風呂にはいっている間にその持物を次の間に隠して了う肚であった。彼女は女が先にはいるなんて変だわと言いながら立って行ったが、襖《ふすま》を閉める時、どういう積りかピョコンと顔だけ再び襖から出すと、え？　と見上げた彼に、子供のあかんべいのような表情をして、べーと言った——。

このべーという顔を、今しも、彼女は再び見せた。（話の腰を折る不始末を読者よ、宥《ゆる》され度い。）いま？——回想の筆がずるずると延びてしまったが、いま、彼女は篠原と一緒に自分の部屋にいる、これが本来の筋道のいまである。——いま、篠原は片手にクリームの箱を持っているが、これは？　という彼の問いに、彼女は暫く間を置いた後、小関さんの贈り物と言い、二三の会話があってから彼は小関の奴め、君に惚れたかなと笑った、それに対して彼女がべーと言ったのである。そういういまの彼女、即ちこの節の初めの部分を読んで読者が頭の中に描かれた彼女と、その後の回想のなかに現れた彼女とは大分違っていることに読者は不審の念を抱かれたであろう。が、これは筆者の誤ではないのであって、その間の変化にまず悠々筆を運ばす積りでいたところ、ほったらかしにしておいたいまの二人ははや外出の身支度を整えて、今にもアパートの部屋を出て行きそうな有様、行くなら行ってもかまわぬがと思っていたら——ちょっと聞き逃せない会話が二人の間にあった。そこで、突然このような次第に成ったのだ。そこの所をすこし書く。

その日は早番であったから、秋子は三時半までに酒場へ行かねばならなかった。彼も一緒に銀座へ出て彼のアパート兼編輯所へ行く可く、帰り支度をし、洟紙を貰うよといって押入をあけたら、奥にのし紙に包まれた箱があった。見ると安物のクリームだが、こんなぶざまなものを寄越すのは誰だろう、酒場へ行く程の男でこんな安物に、しかも滑稽なのし紙をつけて渡す田舎ものもあるのだろうかと、何気なく聞いたら、小関からだという返事に、成程あの男ならと頷かれ、あの男が女に贈り物をするというので、あれでもない、これでもないとさんざ頭を悩ました末に、やっと買ったのがこのヘンテコな安クリーム、そして膝を固くし顔を真赤にし、こ、これをあなたに――と差し出す一部始終がそぞろに想像された。篠原は危く笑い出しそうになったが、小関はどうして女のアパートを知っているのだろうと不思議に思った。この間、教えたじゃないのという彼女の答えに、ああそうかと彼は言った。この間というのは、第三節に書いた雨の降る晩のことで、彼等は十二時過ぎまで酒場メーデルにいたが、帰り際に階段の降り口で秋子はつと篠原の背後に来て、今夜くる？　と小声で言った。今夜来て頂戴、ね！　と他の女なら熱ッぽく言う可きところを秋子はそうさりげなく言う性質なのを、彼は知っていた。だから、橘への遠慮があったが彼はああと答えた。表で待ってて、すぐ行くから。――すぐ出られる？――ええ、もうお時間だからいいの、あたしの番もないし。その有様を小関は階段の中途に立ちどまった儘ニヤニヤした顔を振り上げて眺めていたが、これは酩酊《めいてい》した為の無神経のせいではなく、そうすることはきっと篠原をよろこばすと彼は考えていたのだ。いい、いいところは案外他人に見せつけたいものだからと彼は彼流に考えていたので、気をきかした橘が下で、小関君！　小関君！　といくら呼んでも応じなかった。外へ出ると小関は篠原の肩を叩いて、お安くないぜと言ったが、相手は答えず、橘に今アの字が出てくるそうだから、みんなでおでんやへでも行かないかと言った。橘は明日の勤めがあるからとことわった。そして別れて行く橘に、小関も一緒について行けばいいのにと篠原は思ったが、小関は飲みつけぬ酒にすっかり酔払《よっぱら》ったのか、身体をクニャクニャと動かして酒場の前を行きつ戻りつしていた。かくて小関と篠原と秋子と、三人一緒に自動車にのることに成ったが、酒場で見るのとは打って変った彼女の篠原への態度は、小関をすくなからず驚かしたらしかった。片想いと思えばこそ、お安くないぜとも言ったものの、今は口もこわばって何も言えない。聞けば秋子は小関の朝夕出入する駅のそばにあるアパートにいた。そこへ篠原は絶えず出はいりしているのだと知り、どうしていままで会わなかったのだろうと言う小関の顔は他の感情で歪んでいた。小関の家までの車代を篠原が払って秋子と自動車をおりた時、秋子はお暇の節、お遊びにおいでなさいと言った。そのお愛想を小関は大事に胸にしまい込んで、それから三日後の日曜日に秋子のアパートへ例の贈り物を持って訪れて来たのだ。——小関の奴め、内気そうに見えて仲々図々しいから……と篠原は言い、小関の名を出すのにちょっと言い淀んだ秋子の顔をうかがった。クリームをその儘押入の奥にしまい込んだところを見ても、なにかあったと彼は思った。そして先に書いた彼の言葉があり、彼女はベーと言ったのである。

その日の夕方、小関が篠原のアパートを訪ねて来た。篠原は、小関が秋子を訪れたことを口に出さず、小関も亦篠原にそのことを言おうとしなかった。

第五節

小関が篠原のアパートを訪ねたその夜、間もなく友成達雄の（ドイツ生れの彼の妻マルタの形容によれば）上海苦力《シャンハイクーリー》のような顔がその部屋で見られた。毎夜のごとくに二人つるんで（これはアの字の言葉。）飲み歩いている事情からすれば、これは極めて普通の事柄に属する。珍らしいのは松下長造の突然の訪問で、松下は読者にはまだ紹介されていないが篠原や友成の高等学校時代の親しい飲み友達であって、ここに同窓四人の顔が揃った。女が三人集ると姦《かしま》しいと言うけれど、同窓の友人が四人も集ると、学生時代の懐旧談、同窓生現在の動静に関する紹介の交換等、いやはや誠に姦しく実に女以上の有様である。ほれ、お前の稚児《ちご》さん――名前がちょッと出てこないが、と友成はダンヒルのパイプの唾で濡れている口を松下の鼻先へ突きつけ、今にも相手の眼玉へ突き込みまじき勢で、ほれ、ほれとそのパイプを振っている。学生時分の松下は幾多の稚児さんを左右に擁していたので、そのうちの誰のことか見当がつかず、毛虫のような眉の下で徒らに、色の悪い眼をパチクリさせていた。ほら、オリーヴ油の瓶で手に怪我をさせたあの男――友成がそこ迄言うと松下はああS――かと叫ぶみたいに言い、同時に相手の肩をポンと叩いて、溜息のようないきをついた。彼はポケットにいつもオリーヴ油を入れた小瓶を潜ませていたが、それは丁度篠原が現在胸ポケットの伊達ハンカチの奥に白い粉をふいたゴム製品をいくつか蔵《しま》って置くのを絶えず忘れたことのない用意周到さと似ていた。何のためのオリーヴ油であるかは、今は既に妻子のある松下の名誉の為にも流石に他言を憚らねばならないけれど、当時紅顔の美青年であったS―の寝室で、その小瓶は何かの機勢でわれたらしい。筆者は目撃していた訳でない故、その間の事情を詳細に描写できぬのを遺憾とするが、その硝子の破片はS―の美しい指を傷つけ、松下には忘れ難い念者の一人とS―は成った。そのS―が今では、Y―県の社会教育課長である。鼻下には髭を蓄えているかもしれない。どうだ、長公（松下の渾名）驚いたろう。そういう友成の言葉に、松下はほーあのよか稚児がのう。当時高等学校の寄宿寮を風靡《ふうび》していたこの弊風は、男色を好む九州出身の学生から出てきたものであったから、よか稚児等々の方言が流通し、松下は九州生れではなかったけれど、こう使うのだ。――課長はざらだ、驚くには当らない。篠原が何故か不機嫌な口調で言った。M―を知っているだろう、社会思想研究会にも顔を出していた、あれはこの間S―県の特高課長に成った。そして鼻をフフンと鳴らし、彼の傍で口をあけて驚嘆している小関に蔑《さげす》むような一瞥を投げた。同窓のこうしたトントン拍子の世間的な栄達を彼は軽蔑している風を装い、その装うことのうちにシンから軽蔑し切れぬモダモダのあることを却って暴露していた。ああと松下は明瞭に長大息し、わしら考えんといかんわいと猪首《いくび》を傾ければ、小関も、色黒くいかつい松下の傍にいるから余計眼立つ、女のようにしなやかな繊手でもって、顔を矢鱈《やたら》に撫でくり廻し、これは彼が思い悶《もだ》えていることを明らかにするものである。中途から学校を離れた友成はこのうらぶれた学士たちのような感情からは大体に於いて解放されていたので、開かれた窓側に立ち、小さく黒い河をひとつ距《へだ》てて向うにある銀座通りが、漸く暗く成った夜空に明るい光りの流れを氾濫させているさまを眺めていた。その光りの一隅で、今頃は或は身体をうしろにのけぞらせてケラケラと笑い興じているかもしれない酒場メーデルのあの赤ダコが、彼の頭にきたが、月末近く懐中の乏しい彼はそれを口に出さなかった。そして、高等学校の時分が一番面白かったなあ、なあトム、という篠原の多分に感傷的な声に、友成は振り返り、瞬間、そこの四人の眼が一斉にかち合った。——そこで筆者は彼等の間にまもなく取り交された回想談を此処へそのまま、書き述べるかわりに、当時の交友関係の略述をやや秩序立てて致し度いとおもうが、どうであろう。

この物語の最初の登場者は小関健児であり、次に最も読者に親しみのある筈の人物は篠原辰也であるからして、彼等に先ず中心を置いて始めるなら、小関が篠原に初めて会ったのは、高等学校入学の春、社会思想研究会の新入会員歓迎会というものが、校庭の脇の道場で開かれた、その席上に於いてであった。社会思想研究会は小関が二年の時、学校当局から解散を命ぜられたが、小関が入学の年はまだ隆々たる公認団体であって、彼が寄宿寮にはいって間もないある夜、会の幹事たちは手にパンフレットや雑誌を持って各寮室を訪れ、会員の勧誘をして歩いた。手に弓を持ち白袴《しろばかま》をはいた弓術部の学生たちが勧誘にきたのと入れ違いに、彼等は小関の部屋にはいって来たのだが、その怜悧《れいり》な面持ちと真摯《しんし》な態度とがまず彼を惹きつけ、自分は運動関係のものにはいれる柄でないし、受験勉強のために偏った頭をこの会で思想や哲学を勉強して良くしようと漠然と考えた。そして、道場のまわりに植えられた桜が夜の目にもしるく爛漫《らんまん》と咲き乱れているのを見上げながら、大勢の人前に出るのをいくぶんためらう気持であるのを押して、新入会員歓迎コンパ——（会のことを寮生はコンパと呼んでいた。）——に出たのである。出席者は二十人位で、先輩席には大学の制服をきた帝大新人会員の顔が見られた。会が進むにつれ、小関などの知らない言葉や知っていてもその様に巧みにこなすことは到底為し得ないだろうとおもわれる達者な言い廻しで、いかにも栄養のよさそうな艶のある顔を心持赤く輝かせて、ひとりでしゃべり立てている新入生が、並いる人々の目を惹いた。これが篠原辰也であって第一印象からして小関などは忽ち圧倒されて了った。なお伝え聞く所によると、閉会後、会のリーダー連が集り、そのひとりが篠原に目をつけ素晴らしい奴がはいって来たとその将来を嘱望したところ、後に三・一五事件の新聞記事に写真入りで大きくその顔が出た、当時新入会員のK—は思慮深い口調でこう言った由、ああいうのは、えてして口先ばかり達者なだけで、肚の据ってないのがあるからね、しまい迄やり通すかどうか疑問である。K—にこう言われた篠原は、果して秋頃になると、会を出てしまったが、口先ばかりで肚のない人物が、そう言えば当時の会では幅を利かせていた。マルクス主義がいわば青年の血肉とも成ったのは、社会思想研究会が解散せられてから以後のことで、当時は才気煥発《さいきかんばつ》の青年を魅する一種新奇で光彩ある衣裳のごときであった。衒気《げんき》にみちた青年の知識的見せびらかしにややともすると陥りがちな研究会は、篠原がそれから抜け出しても、多少とも篠原的な青年が充満していた。当時の研究会から成長した闘士は一二を数うるに過ぎず、その他の多くはマルクス主義を学生時代の夢として棄て去ったから、それから二三年後の非合法の研究会の、人数から見れば少いが、その悉くの会員が直ちに労働運動へ送りこまれたのとは頗る趣を異にしていたのである。

篠原が研究会をおん出るようになった動機のひとつには、小関と同室の友成達雄との交友を挙げねばなるまい。友成は第一節、富士見軒のくだりで見らるるごとき嗜虐的傾きのある青年で、他人が左といえば自分は右と我を張らねば気のすまないひねくれたその性質が、現在は少々直ったが、仙台の実家から離れてはじめて他人と一緒に起居するようになった当座は殊にひどく、それは彼の若い継母育ちの為であると、自ら告白したことがあった。当時、学生の間に広く根をおろしていた社会思想研究会に、彼は持ち前のつむじ曲りで断じてはいろうとせず、その癖その方面の書籍は豊かな学資で片端から買い集め、買ったものの半分は大体読んでいたらしい。その方面の出版物のあの物凄かった氾濫はそれから三四年後のことで、その時分はまだ寥々《りょうりょう》たるものであったから、買い集めるといってもそう大したものではなく、彼の書庫には従って遠く海外から取り寄せたものも多数あり、近年の厳しい学校当局の詮議《せんぎ》立てしか知らない若い読者にはウソと思われるかもしれないが、それらの左翼本は寄宿寮の彼の机の上にこれ見よがしに積まれてあった。研究会に顔を出しているので、どうしても買わねばならぬテキストの外、これ亦やや強制的に買わされる雑誌「社会思想」と「マルクス主義」、これら以外には乏しい小遣いでは到底手の出せなかった小関は、同室のこうした壮観に先ず眼を丸くし、篠原に凄いよと伝えたのが、篠原と友成との交友のきっかけであった。いずれも裕福な家庭に我儘いっぱいに育った彼等の間には、小関ごときの窺い知られぬ微妙な親和力とでもいったものが存在するらしく、彼等を結びつけた小関を忽ち押しのけ、小関の介在が許されぬほどの密着的な交友関係をすぐと彼等はむすんだのである。篠原は言った。君は何故研究会にはいらんのや、関西訛りのまだ取れない問いに友成は東北訛りで、嘯《うそぶ》くように答えた。奴等はゲイズスを認めんからね、芸術を？——そうだ、だから僕は奴等の仲間《なか》になるのはいやだ、僕の気持は寧ろアナーキズムに近い。読者よ、年少稚気の言葉と笑う勿れ。すなわち、当時の幼い風潮が生んだ次のような挿話も笑って了えない事実であったのだ。小説好きの一人の学生があった。彼は小関等と同じく社会思想研究会にはいり、暑中休暇で家に戻ると、直ちに古本屋を呼んで、その愛蔵の小説本をことごとく売り払って了った。九月に成って彼は上京し、研究会の同志と再び顔を合わせると最初に彼はこう言った。小説ごときブルジョアの玩弄品《がんろうひん》を僕の家から叩き出して、僕は実にせいせいしたよ、君！——研究会の風潮を以ってすれば芸術はマルクス主義の敵であった。それは間違っていると、然し、友成は抗弁できる理路整然たるものを見出している訳でもなく、おさない彼の頭でただ気分的に反撥していた。彼は彼らしいひねくれた言い方で篠原に言った。大体が社会思想研究会などは、もはや今日ではマンネリズムさ！——このマンネリズムという言葉は篠原の初めて耳にしたものであり、異常な魅力を本来新奇好みの篠原に与えた。しかし新奇好みという点では、友成の方が篠原より一枚上手であった。話が前後するけれど、それから数年後、友成がドイツ女のマルタを携えて彼の所謂ドイツ留学から帰って来た時、マルクス主義文学を口にした篠原に彼は自信にみちた語気でこう言った程である。マルクス主義文学なんてもう古い、ドイツではそんなものはとっくに廃れて了った。これからはもっと科学的な文学が流行するよ、——然り、科学的な！

切れるみたいに頭が鋭く、その旺盛な読書欲にふさわしい多方面な知識、その含蓄の深さを良くあらわした嫌人的な表情と物腰（以上、篠原の表現である）すべてが篠原にとって激しい牽引力《けんいんりょく》をもっていた友成に彼はすっかり傾倒した。そしてそれが敵愾心《てきがいしん》に富んだ篠原らしく、彼が友成に心を傾けたという事は彼にとっては、即ち友成をまるごと呑み込み消化し、やがて友成の上に出ようという意欲に他ならず、余り月かずを経ずして、彼はそれをやりおおせたのである。彼は友成のいわば気分的なものを兎に角、逸早《いちはや》く理論にまででッち上げることによって、友成より一歩さきに足を踏み出し、彼は満足でその若い胸をいっぱいに膨らませた。篠原は次のような独自の理論を研究会に叩きつけ、颯爽として（——とは彼自身の言葉である）退会した。親愛なる社会思想研究会の同志諸君！　我々は諸君の書斎派的微温的研究的（？）態度に慊《あきた》らずここに脱会を宣言する。諸君も見らるるごとく、現在の資本主義社会は日一日と没落の過程を進みつつある。ところで、諸君は何をしているか、たとえば「必然」と「偶然」との哲学的論議にだらだらとして一月も過ごしている有様である。然らずんば資本論の訳語に関する衒学的争論に一晩つぶして恬然たる状態である。僕等はかかる去勢されたペダンティストと断然袂を分ち、没落の速力を早めるべき実行運動に敢然として身を投ずる。その運動とはなにか。あらゆる旧時代的なものを否定する、芸術による破壊的運動だ。ネオ・ダダイズムの誕生万歳！――これは当時の日本芸術界を暴風のごとく襲って来たダダ的風潮の、小さい波紋のひとつであり、その主張を篠原は巧みに借用して来てでッち上げた理論であった。

あたかも秋の終りであった。学生社会科学聯合会《れんごうかい》創立二周年の記念講演会が芝の協調会館で開かれた。小関は研究会の先輩に引張られて会場の一隅で、パンフレット、雑誌等を入場者に売る仕事に従わされた。小関のすぐ傍には顎紐《ひも》を掛けた巡査が立ち、パンフレットに手を出す入場者の一人一人に睨むような眼を向け、小関は鼻の頭を白くさせ全身の皮膚を鳥肌にしていた。頬が林檎《りんご》のように赤い先輩は顎紐に威圧を感ぜぬらしい声で、いな威圧に逆に抗して行くような大声で、パンフレットを買って下さいと怒鳴るのを、小関はそのたびにびくッびくッと頸を縮める想いであった。会員は沢山いるのに何故俺ひとりを選んだのだろうと怨《うら》めしかった。小関君、ちょッと、と言うのでその儘蹤いて来たのであるが、こんな目に会うんだったら来るんでなかった。否、多分こんな事ではなかろうかと電車の中で危惧を抱いた、あの時に何故、様子を詳しくきかなかったのだろう。黙りこくっていたのは万事承知の意味ではなかったのに、なんて察しの悪い先輩であろう。否、先輩を咎めるより、愚図の俺がひとえにいけないのだ。用件をはっきり聞いていやだと言わなかった俺が駄目なのだ。否、たとえ聞いていても、先輩の軽蔑的な苦笑をすぐ思い浮べて、いやと拒むことはできなかっただろう。——研究はしてもこうした実行にまで進む積りは僕はないのだ。ああ早くこの場から逃げ出し度い。クヨクヨしている小関の耳に、この時、急霰《きゆうさん》のような拍手が会場から響いてきた。始まるぞと先輩は言い、小関は何ということなしに、え？　と言い、勿論意味のわからぬ相手も鸚鵡返《おうむがえ》しに、え？　と言って力むように手を揉み、小関の泣き出しそうな苦笑を見ると、こちらは人のいい元気に溢れた微笑を浮べて大山さんの演説だけは僕は是非聴きたい、だから代りばんこに聴きに行こう、君なんだったら先に聴いてこないか。小関がその場を去り度い一念でうんと言うと忽ち会場へ走って行く後姿は、演説を聴きたい熱意のあらわれと誤解されるものがあった。無口で温和な彼の外見は彼と日常接触してない研究会の人々には、肚のできた有望な学生と過信されていたらしい。しかし実際の彼は、会場に紛れ込むと直ちに、その儘ずらかろうか、どうしようかと考え、ずらかりたい、けどそれでは悪い、しかし止まっていて住所姓名などしらべ上げられ、万一の事があると大変だ、だからやっぱりずらかりたい、けど、——ときまりのない堂々めぐりをやっていた。そしてその間に、丁度駄々をこねている赤坊が泣き疲れて一息入れる、あの按排《あんばい》で、鈴木茂三郎の労農ロシアの実情の紹介話にヤケな顔付で耳を開き、ほほうと聴き入る数分間もあり、やや魯鈍な表情へと移っていたのが、また忽ち険しい線をキッと示したりした。そうこうしている内に、彼の周囲の手が一斉に鳴り出し、演題は「学生社会科学運動の新展開、大山郁夫」と成った。轟々《ごうごう》の拍手が捲き起こす昂奮の渦、眼には見えないその渦が、小関の眼には濛々《もうもう》たる砂塵《さじん》のような、形を取って見ることができ、彼はどうとも勝手にしろと酔った如き感覚で、思いなしかその足も蹣跚《まんさん》と、先輩の待っている入口の方へと歩んで行った。

酔っているといえば——丁度その頃、篠原と友成は富士見軒でウオッカを飲んでいたのである。然り、ウオッカであって、ビールではない。年若い学生の柔い胃壁がかかる強烈なロシヤ酒に抵抗できる訳のものでは無いから二人ともベロベロの酔態であるが、これもひとえにロシアへの滑稽な憧憬のさせる仕業である。廻らぬ舌で革命歌をどなっていた友成が、今度は女給智恵子の手を取って当時流行の俗歌をうたいはじめた。内緒内緒でこの児ができた、またも内緒でネー智恵ちゃん、こしらえましょ、そんなこたァ内緒内緒。智恵子に惚れている彼は歌い終ると、ネー智恵ちゃんと凭れかかった。二日前、寮をおん出て素人下宿に移ったから是非とも遊びに来てくれ。智恵ちゃんと呼ばれた女給は、搦《から》み付いてくる友成の手を、なれた身のこなしで避けながら、男の方が独りでいるお部屋へなんぞ遊びに行くの、なんだか可笑しいわと仲々美しく婀娜《あだ》っぽい声を出したが、その縹緻《きりょう》はどっちかといえば醜婦に属する方である。生え際の汚い髪が、ボサボサに濃くって、纏りのない眉毛に今にもとどかんばかりに生え下った、その狭い額は、眼と鼻が顔の真中にくちゃくちゃと集ってしまった恰好と共に、見る目に卑しげな印象を与えずには置かぬ。そして凸凹の歯並びと、少し眼立ちすぎる点々たる面皰《にきび》の痕、いかにも学生相手の安カフェーの女給女給した女だが、女を知らず恋愛そのものに飢えた青年の眼にはこれでも嬋娟《せんけん》たる美女として映ずるのであろうか。それとも友成は——現在の妻マル夕も決して美人とはいえないし、メーデルの赤ダコも若干どうかと思われる代物《しろもの》であるところから推すと、一種奇嬌な顔に拗ねものの彼は魅力を感じるのかもしれない。第一節で書いた、彼が小関をこの富士見軒へ連れて来たあの時は、第一学期の中頃であったが、その時分は智恵子に別して特別な感情を持っていなかったのだから、彼は二十歳前後の青年の他愛のない惚れっぽさで、一眼見るなり飛びついた訳でもなかったらしい。兎も角、彼は年が改まると、彼より三つ年上のこの女と同棲する運びにまで遂に至ったのだが、それはもう少し行ってから再び書くとして、面白いのは当時、女に向うと冗談ひとつ言えない純真な青年で篠原があったことである。今日では、読者も既に御承知の、あの女擦れのした篠原が――。篠原は友成の痴態から眼を背ける様にしながら、おい、トム、これッぱかしの酒でその醜態はなんや、そんなことじゃ仕事が出来んぞと野暮な怒声を発したが、彼も亦いまにも卓の下にのめり込みそうな自堕落な酔態であった。そして彼の言葉に耳をかさないトムは、ネー智恵ちゃん、ネーと女にばかり話しかけて行くので、篠原は自分の鼻がしらを覗くような恰好で、トムは豚である、豚とは何であるかと訳の分らぬことをブツブツとしゃべり、口から蟹のように泡を吹き、苦しいと見え、呼吸ごとに肩が大きく上下した。

仕事というのは、すなわち雑誌の発刊である。題名も二人によって既に定められ、友成が智恵子に語ったごとく、寮をおん出たというのは、そこを編輯所に当てる予定からである。二人は過ぐる日、最近ドイツから帰朝したばかりの意識的構成主義者と自称する画家であり小説家であり舞踊家であり俳優であり劇作家である某氏、もしかするとその何れでもない坊主頭の小柄な怪物を、東中野のこれまた奇怪なそのアトリエへ訪れ、「没落時代」と称する彼等の文芸雑誌の表紙絵を頼んだ。針金、木片、女の毛髪、はてはズック、ガラス等々が絵具よりも重要視されている怖る可き造型美術品のかずかずの飾られているうす暗いそのアトリエで、年若い二人の青年は、海外に於ける急進的芸術のありさまを語られ、二人の頰はみるみる赤く輝いた。この芸術に於ける左翼派は、政治に於けるそれが勝利を得ているロシアに於いて、はじめて正しい成長と現象とが見られていると主人は語り、タトリンの第三インタナショナルの記念塔の設計図を客に示したりした。年端のゆかぬ客は不気味な面魂のアトリエの主人の言うことの大半を理解できなかったが、理解できないということが却ってより一層深い感激を与えた。アブストラクティズム、シュプレマティズム、ダダイズム、ネオ・プラスティシズム、コムプレッショニズム、コンストラクティヴィズム等々の言葉が一時にどッと彼等の頭になだれこみ、それにこんがらかって、カンディンスキーだの、リシツキーだの、ピカビアだの、マレウィッチだの、モンドリアンだのといった、ややこしい人名までが一斉に犇《ひしめ》き合い、その状態は丁度アーキペンコかなんかの立体派の絵画のように、鋭い角度をもってそれぞれがせめぎ合って熱を発し、アトリエを出た二人は同じように頭痛を感じた。そしてこの頭痛は、衒学的《げんがくてき》傾向の強い彼等の年輩の青年には決して不快なものではなかった。帰りに二人は丸善へ寄り、雑誌「スツルム」の注文をドイツに発した。昂奮のため、せかせか歩いていた友成が言った。僕は愚劣な寮を出る。僕は髪をのばすぞ。断然、長髪にするんだ。そして篠原、俺はルパシカを着るぞ。

二人はその周囲に怪しげなダダイストの友人を驚くほど急速に持ちはじめた。正確に言うならば、その交遊関係は篠原より、友成の方が彼等と親密の程度がふかかった。これは篠原が寄宿寮にとどまっているのと違って、友成は素人下宿の二階にいてダダ的な生活をはじめ、彼等の出入が容易であり頻繁であったためであるが、そのことごとくが定収入の道を持たない、いわばルンペン的文学青年であった彼等は、金廻りのいい学生の友成につまりたかっていた訳である。彼等はおおむね、友成よりは年長であり、ダダに関しても先輩であったから、その彼等が旧知のごとくによオよオと言って下宿を訪れてくれることに、友成はすっかりいい気に成って、メシはおろか、夜とも成れば共々彼等のたまり場の、たとえば今はないが白山上の南天堂の二階などに行き酒を飲むのであるが、彼等は揃いも揃って底抜けみたいな豪酒家であり、ツケは常に一番年若の友成が持つのをしきたりとした。年柄年中、嚢中ヒャクもねえやと言う彼等に、彼はダダイストらしい不敵な気魄《きはく》だと感激し、ベンベンとして親の脛《すね》を齧《かじ》りその金で奢っている自身を却って卑下したりした。ひねくれ根性の彼がこんな気持になるのは不思議とも見られるけれど、彼の脳裡には、自分の学資の何倍かを消費する若い継母が控えていたし、ブルジョア階級に属するおのれへの青っぽい自己嫌悪、それに結ばれた幼稚な被虐の快感がうずくまっていたのだろう。この友成に比較すると、篠原にはそうした育ちの学生の他の一面が出ていた。彼が寮にとどまっていたのは、中学生時分に雑誌で見たり耳できいたりして憧れぬいていた寮生活にどうしても離れがたい愛着があって、友成が愚劣きわまる寮生活と言えば自分も亦理窟からは左様に断言するのに決して躊躇しないにも拘らず、底の気持に訳の分からぬ未練があったからだ。人の反対に出ることのすきな彼は、運動部関係の、無智で野蛮な学生の横行している寄宿寮を口では極めて軽蔑しながら、ほんとうの気持はそうは行かない。朴歯《ほうば》をわざとガラガラ鳴らして街を練り歩く学生たちを見ると、彼はチェッと舌を鳴らすけれど、彼ひとりの時は、彼等に劣らぬ大声で寮歌を怒鳴り、腰につるした汚いタオルをこれ見よがしに、肩を怒らせていた。友成のように制服制帽をさっさと棄て去ることなどは思いも寄らぬことだった。口こそ同じ異端であっても、友成とは気質的にことなる、一種保守的といおうか、正統的といおうか、平凡な虚栄がその血のなかに漲《みなぎ》っていた。そして又、うすぎたない女給などを、友成のようには、どうあっても好きにはなれないところに、彼の育ちの語るヘンな優越感があった。——これは当時のことであって、幾星霜を経た今日の篠原や友成が、往日の俤《おもかげ》をとどめぬ所があったにしろ、それは筆者の観察違いというより、彼等が受けた幾多の変転にその責があるだろう。

かくして年が改り、グロテスクな表紙の「没落時代」創刊号が本屋の店頭で見られることになった。同人という所に眼をやると、友成達雄、篠原辰也等々のほか、ヨタツキーというロシア名、これは篠原がこの名に隠れてヨタを存分に飛ばそうという出鱈目のものであるが、それに、おお、なんと小関健児の名もつらなっている。小関とダダイズム——おもいがけないこの結びつきの生れた経緯を書かなくてはならない。月の冴えた寒い夜であったが、仲々寝つかれない頭を蒲団にスッポリうずめていた小関の枕元に酔払った篠原がやってきたのである。小関君、君は下らぬ研究会にまだでているのか、やめ給え。酒にまだなれてはいない酔払いがこう言って、初めから高飛車に出た。研究会なんて、マンネリズムやないか！　友成の言葉を自分の独創のように言い、事実そのような快い感じでニコニコしている顔を、窓硝子を通してさしてくる月の光りがくっきりと照らし出した。小関がなんかの口実を設けて研究会を出たがっていた心事は、それは協調会館の夜以来のことだが、容易に察せられるであろう。彼はおおと唸《うな》ると、大食のため顔色のよくない首を蒲団から突き出し、この瞬間、彼とダダイズムとは安直に握手して了ったのである。篠原はこのもそもそした同室生がこうも簡単について来ようとは思いも及ばなかったから、酔払いの誇張で以って、素晴らしいと叫んで躍り上り、その激動は胃部に悪感をよんだ。窓側に走りつくよりも早く、ゲロが溢れでていた。寮に帰る前に屋台で食った中華ソバがのこらず吐き出され、酒は量のすくない例のウオッカであるからビールの場合などのように次々に出てきて救われるのとことなり、吐き気ばかりで出るもののない苦しさだ。小関は驚いて篠原の背後に走りより、その背中を二度三度叩く、その手を、篠原はうるさいと言って邪慳《じやけん》に払った。叩いてはいけないのかと今度は両手で一心にさすりはじめると、うるさいッたら、うるさい！　と叫んで酔払いは不意に小関の胸を衝き、それは思わぬ力がはいっていて、小関は後にひッくりかえった。同時にすっくと立ち上った篠原は、チェッと舌打ちをすると、君みたいなのに介抱される僕ではないとでも言いたげな、言いかえれば、不愉快さを出来るだけあらわしたいとでも努めている如き表情を、急に蒼褪めた顔いっぱいに浮べていた。それが月の光りでとげとげしく眺められ、唖然《あぜん》とした顔で打ち仰いでいる小関に向って、篠原はもう一度明瞭な舌打ちをし、危い足どりで部屋の外へ歩み去った。板の間に手をついた儘の恰好でこの恥ずかしめられた青年は、しばらくいたが、やがてゆっくりと腰を持ちあげ、乱れた蒲団を直して、もぞもぞとそのなかに身体をもぐらせて行った。その時の彼の表情はどんなだったかは、今の今まで皎々《こうこう》としていた月が突然折悪《おりあ》しくも雲に蔽われて了ったので分らない。然し、彼が正に頭を枕につけようとした瞬間痙攣のような慄《ふる》えが彼の全身を波立たせ、それがあまり厚くない掛蒲団を通して闇にもはっきりと分るのであったが、これは夜着《ねまき》の儘でいた為の単なる悪感かもしれない。彼の足は石のように冷え、彼はいつものように夜着でその足をくるみ、そしてくるみ終ったとおもうと、おいと呼ぶ声が耳に来た。もと友成の床が敷きぱなしに成っていた所に、今は同室の一人が寝ていて、それが寝ながらどなった。おい、そのまま寝てしまうのか！　篠原の汚物を始末してくれなくてはこまるという意味である。その癖、この学生は時々枕元に反吐《へど》をはきちらし三日位放って置くことがあるのだから、——臭気が鼻についてねむれない、早く始末しろ、と小関にいうのは理由にならぬ。要は、突き飛ばされてもその儘のこのいくじなしを更に苛《いじ》めてやりたいのだ。篠原の闖入《ちんにゅう》で眠りをさまされた腹立ち紛れと取ってもいいが、弱いもの苛めは他に理由を求める必要のないほど充分な快感を、それ自身持っているのである。横にそれるが、——人間の悲しさを嘆くのは感傷と呼ばれるだろう。たとえば無理難題を吹きかけられて悶え藻掻《もが》く主題の芝居を民衆が殊のほか愛しているのは、何を隠そう彼等はそういう野蛮な振舞を自らもやり度い欲望を秘かに抱いているためだ。一方、眼前に見られる理不尽な苛め方には憤りを覚え、苛められる側に明らかな同情を寄せながら、しかもいつかは自分もそういう弱いもの苛めの快感に酔いたいと思っている。この矛盾のあるところが人間であり、人の世であるのだ。この悲しさは被圧迫階級の歪められた感情に由来するものと、嘗ての筆者は論断し、爽やかな顔をしていたものであるが、いまはそうは行かない。子供を見てくれ、そして——小関を苛めるこの若い学生を見てくれと自分が自分に逆って行く。この学生は、たとえば篠原や友成などに比すると、子供が大人より善良だという意味で善良なのであるが、その善良の故にむしろこうしたことを平気でやるのだ。子供が大人には出来ない残虐を却ってする様に。——光力の乏しい電灯の下にむざむざと横たわった寄宿寮の長い廊下を、小関が背を丸めて歩いて行く姿が見られる。篠原の汚物を始末するための新聞紙を階下の部屋へ取りに行くのだろう。小関君、君は何故拒まなかったのだ。否！　の強い一言で、恐らくは同室の若者の無茶を充分封ずることができたであろうに。君のその惨めな後姿に筆者の胸は痛み、君の姿を書き追って行くことの能《あた》わぬ程であるのに、自然は恰も弱肉強食の歌でもこの時歌いはじめたかのように、骨を刺す如き寒風で廊下の硝子窓を鳴らし出し、その窓の硝子は所々方々こわれているのが多いから、寒風は遠慮なく君の皮膚に嚙みつく始末である。

篠原が自分等の仲間に小関を誘ったのは、ちょっとした酔余の出来心であった。小関の芸術的才能を認めてどうこうという訳のものではないのであって、小関も亦そのような存在ではなく、強いて理由を篠原の内心に求めるならば研究会に対する面当てとして会員の小関を引張るのも一興という位のところであろう。そして小関にとっては、篠原や友成に対する反感よりも、これを機会に研究会を抜けたい気持の方が強かった。そんな事情であったから、「没落時代」に小関は同人として名前をつらねてはいたが、何も書いてはいなかった。それ程いい加減な雑誌であったことをこの事実は物語るのでもある。しかし三号目にはもはや小関の名はでていなかった。或る個人的な育英会から学資を貰っていた彼には、同人費毎月十円というのは到底払えなかったからだが、一方「没落時代」も四号でもって潰れてしまった。

その時分、友成は智恵子と既に同棲していた。この同棲は勿論仙台の親許《おやもと》には秘密であったが、彼が学年試験で落第したこともついでに隠してあった。（小関は中位の成績、篠原は「青電」――終から二番目の意、最後は「赤電車」でその前が「青電車」である。――で二年に進級した。）春休みを友成は帰省しないでとどまり、友人に智恵子をまじえ、その頃はまだ珍しい麻雀《マージャン》に毎夜、耽《ふけ》っていた。友人の顔触れは、彼が寄宿寮から素人下宿の二階に移りたての時分、頻繁に出入していたダダイストとまるで違っていたが、智恵子がカフェーの二階から彼の部屋へ柳行李《やなぎごうり》をひとつ持って越して来てからというもの、彼等は彼女から明らさまにいやな顔を見せられたからであった。彼女は彼の所へ来るとすぐその夜、階下の人々に照れ臭いからと言って移転を主張し、そしてそれはすぐ実行されたが、丁度そのように友人も彼女の意によって新しく変えられたのである。その新しい友人のことに就いては余り必要がないだろうから紹介を省く。智恵子は此のごとく年下の夫の身辺を自分の思う通りに変えて行ったにも拘らず、自分自身は夫によって少しも変えられることを肯《がえん》じなかった。相当の年齢まで行った女はいままで取り来った生活上のならわしが仲々棄て難い、あの一般的な慣習にこれが依るものであるか、それとも彼女の人並外れてかたくなな性質に由来するものであるか、にわかに判別し難いのであった。それほど別離は間もなく二人を襲ったのだが、それは兎も角——たとえば彼女は十時になる迄は決して寝床を離れようとはしなかった。それがたとえ八時頃に目が覚めた時であっても、カフェーの二階での従来の習慣を、言ってみれば破ってはならないと自ら契ってでもいたかのような頑固さで、寝床のなかに正確に十時までは寝そべっていた。そして彼女は一度目が覚めたとなると、友成のように再びうつらうつらすることは出来ない性分で、寝入っている友成を乱暴にゆすぶり起しまでして、彼との愚にもつかぬ饒舌の取り交しを強制するのだが、これも毎朝客のこきおろしを目覚め時の習慣としていた永いカフェー生活から来たものであろう。隣りのあのいやらしい黒猫がねエ、うちの窓のところでどこかの猫と交尾してんのさ、癪に障ったから障子をそッとあけて物差で思い切りひッぱたいてやった、そしたら二疋《にひき》とも屋根から転がり落ちたの、いい気味だ、あら又寝てんの、目をあいてなきゃあ駄目、——以上が会話の一例である。この寝坊の癖は、何分二人とも夜ふかしをすることであるから、まあ致し方ないこととも考えられる。然し、カフェー勤めを今ではやめている彼女が、依然として毎日風呂へ行き、それも風呂場にいる時間より、脱衣場の鏡の前にベタリと坐り込み、頸筋はおろか胸まで白粉を塗りまくる時間の方が遥かにながいというのは、これはどんなものだろうか。そして抜衣紋《ぬきえもん》の乳の下を伊達巻でキュッと締込み、はしたないなりで陽の高い昼日中、しゃなりしゃなりと石鹼箱を抱いて歩く姿、同棲前にはこの姿に会おうとして道ばたで張っていたこいいとの屢々《しばしば》である友成も今では、人の眼があるから勘弁してくれと言った。彼女はそのたびにそうねと言うのだが、夫の言葉に内心では従うつもりのないことは、一向にその習慣をあらためぬことによって明らかであった。今までに男との同棲を数度経験した彼女は友成と同棲してみると、それまでは対等に向い合った彼が見る見る子供のように考えられ頼りなくなって行くのであった。そのくせ、友成の外見は、それまではまだ少年の俤を豊かにとどめた紅頰が見る間に色褪せ痩せこけてゆき、思いなしか挙措振舞まで落ちついて大層大人ッぽく成って行った。

彼はただに口先だけではなく、今では学業を全く抛棄《ほうき》したようであった。学校の教室へは絶対に顔を出さず、部屋には学生らしい持ちものや雰囲気が少しもなかった。その部屋にたまたま小関の顔の見られることがあったが、事情を知らぬ人だったら、どてらを着込んだその部屋の主人公と詰襟洋服の小関と同じ学生であろうとは到底思い浮ばぬことに相違ない。随分と長い髪だがどの位あるかというういつかの篠原の問いに、髪を顔の前に下げた所が、普通人より長いその顎の先まで充分とどいた見事な長髪、それを絶えず搔き上げ搔き上げ、その頃から手にし出したパイプを悠然と燻《くゆ》らしながら語り出す彼の話題は、これも学生のものとは決して思われない種類の芸術各分野の動静とその批判で、相当著名な芸術界の人物の名前がごく親しげな口調で呼び棄てにされて続々と出てくるのに、小関は眼を張り、この男、もしかすると天才かもしれんと思った。小関が感心した点は、或はくだらぬことであったかもしれないけれど、この小関の言は小関のだからといって無下にしりぞけることはできないのである。天才の呼称を生涯にまで拡大せず、一時期の才能の輝きにも、若《も》しそれが普通人の領域を超え得たようなものである場合は、その名を与えてもよいということに成ったら、その時代の友成には或は天才の名に応《ふさ》わしいものがあったかもしれないのである。「没落時代」は、雑誌全体としては取るにたらぬものではあったが、その中に収められた友成の作品のことごとくは独創的なもののみが持つ異常な輝きを示し、友成の年齢の若い頭脳が為し得る標準をはるかに超えていたと言って宜《よろ》しい。当時、それに瞠目《どうもく》したその方面の具眼者は相当あり、営業的な雑誌に彼の名前もあちこち見られる状態になったが、彼は彼等の期待する様に、成長はしなかった。極めて短いこの期間に、若しこういう表現が許されるなら彼の才能の生涯の分量が一遍に燃焼しつくしたのだろう。その瞬間、彼の生命も亦燃焼しつくしたとしたら、夭逝《ようせい》の天才という名を彼が博さなかったと誰が断言できよう。——ところで然し、智恵子にかかるとこの友成も台無しであった。会話が男たちの間でのみ取りかわされて、傍の智恵子は無視された形であると、彼女は明らかに不機嫌な素振りを示し、しかもその会話の大半が彼女にはチンプンカンプンのものであって嘴《くちばし》を容れようにもどうにも仕方のないものであったりすると、いよいよ彼女は躍起となった。そしてまるで風船でも破裂するみたいな勢いで、話中でもなんでもかまわず突然にチェッという叫びを挙げた。えらそうなことを言うよ、この子供！　客のあからさまな驚愕《きようがく》と、まことに平然たる友成の顔色とを——人有って若しこの瞬間だけを見たと仮定するなら、その人は侮蔑されたのは客であって、友成ではないと思うのは必定である。客は今、小関なのだが、智恵子はつづいて小関に向って、たとえば次のようなことを、大層にくにくしげな口調で言うのだ。（パイプを燻らしながらという事を先に書いた。小関が耳にした智恵子の幾多の暴言のうち、パイプに関するものを、ひとつ、ここに紹介する。）この人ときたら、えらそうな口をきくけれど、なんにも知ってはいないんだからふんとに呆れたもんよ、この間もこういうことがあるの、まあまあ聞いて頂戴な、小関さん、ネーヴィ・カットの缶を買って来たのはいいけれど、開けたらじッとりと湿っていた訳さ、ああいう刻み煙草は湿りをわざと持たしてあるのが当り前、それをこの人ッたら知ったか振りするからいやになる、紙巻とおんなじに考えたのね、おやこいつは旧《ふる》いと見えてしとってるッて言って、小関さん、火鉢の炭火でわざわざカサカサに乾かしたのよ、お蔭で折角の香りもなにもすっかり抜けちまって、煙草をすってるのだか紙でもくすぶらしているのだか区別がつかない様になってしまったじゃないの、そして独りでプンプン怒ってんのよ、いやになっちゃうわね、ねエ小関さん、——相手が篠原である場合は、この女はその度し難い無恥さで閨房《けいぼう》の暴露すら、そのボサボサに濃い眉毛をさかんに上下させて語り出す。友成は顔色を更に変えず、いなむしろ被虐の快感に浸っているとも見られるような微笑まで浮べているのだが、聴き手の篠原は憤怒の抑えがたさを、掌にじっとり脂の出た両手をもみくちゃに揉んでいる様に明瞭に出していた。

余り長くなるからここで節を改めるとするが、第六節は直ちにこれと連続するものである。

第六節

篠原を友成は秀才と呼んでいた。篠原は現在の長身の特徴を、この高等学校時代に於いて、めきめきとあらわしたのだが、(彼は中学生時分、背の順に並ぶ教練ではいつもクラスの中頃に立っていた。中学卒業近く、その順番はやや高い方に進んでいた。)その長身の外貌的颯爽《がいぼうてきさつそう》さに劣らぬ精神的なそれを持っている。それは所謂秀才型の颯爽さであって、長所とともに欠点も免れぬのを友成は含んで秀才と呼んだ。先に述べた、友成の、気分的なものを逸早く理論にまでまとめあげることのできた才気は、友成も舌を捲いて感嘆した所であるけれど、篠原の作品は所謂エピゴーネン的秀抜さをあらわしているに過ぎぬのが秀才型の欠点であった。友成はそういう篠原を、口には出さなかったけれど、単なるデカダンだと見、ダダではないとしていた。今日の篠原を秀才の凡化とみるならば、——それは両人とも自覚せぬことながら、——友成は天才の凡化と考えてよいであろう。その実例をここに挙げるならば縷々として果てしのないことであるからして、それはやめるとして、ただひとつ——篠原について見るならば、彼は三年になると学校当局公認の文芸部委員に推挙せられた。文芸部というような極くささやかなものを含めての、総《す》べての既成的な存在にあんなにも激しい呪咀《じゆそ》を投げていた彼が、自分かられにそれとなく秋波を送る醜態を敢えてして、見事な変節を為しえた、そういうところに彼の素速い秀才的適応性が見られはしないか。彼は「没落時代」に載せたような、活字を無闇とさかさにしたり、文中に突如として初号ゴシックの活字が出てき、つづいて意味不明の欧文をダラダラと羅列するといった奇怪な作品は決して書かないようになった。文芸部員にふさわしい小説を書き、彼は自ら、小説の本道たるリアリズムに漸く復帰したと下級生などに言い、それも大層沢山書き飛ばした。けれど、彼の文学的洗礼とでも呼ばるべきものは反リアリズム――といわんよりは、反文学的な文学精神（こういう言葉が許されるならば）であったから、どうも上手でなかった。ちょっと変な所があってピンとこないというのが、一般の遠慮勝ちの批評であったが、それは今日のようにインチキという言葉が当時に有ったら、彼の小説はどうもインチキの臭いがするねと言うと、一層はっきりしたのだ。大体が文芸部委員にふさわしい小説といえば、小説としては上等とは言えぬものであることは直ちに頷かれるであろうが、それ以上のインチキさも一枚加わっていたのだ。このインチキということ、これはただに篠原のみの運命ではない。当時のダダ的な作家の、その精神にしみついた汚斑《しみ》は、なかには卓越した才能をもった人たちも随分いたけれど、彼等を終生「正道」に立ち戻らせないような致命的なものであったらしい。動物の擬人的活動を主題とした少年漫画を書いて斯界《しかい》に声名をはせている某氏などが、今も芸術界（？）に雄飛している恐らくは唯一の人であろう。さきに暴風のごとく襲ってきたダダ的風潮云々と書いたが、思えば暴風は害を残して行くのではじめて暴風なのだろう。

こうした工合に篠原がなっていた時、では友成は――彼はとっくに学校をおん出されて仙台の家に監禁みたいな状態になっていた。篠原が文芸部委員などに成ったのは、彼の好敵手たる友成が彼の身辺から姿を消したことに、かなり大きな原因があるのだ。そういうことを考えると、友成は影響力を持った天才的な一人物であったと思われ、それにもまして篠原は所詮、樹にでも巻きついていることがその身上《しんじよう》たる蔦《つた》みたいな人間だと分ってくる。蔦は身のほどを知らず樹よりも上に出たがる敵愾心には大層富んでいるが、樹がなくなると、他のものに巻きついて行くのだ。その変転が他の人にはオッチョコチョイにも見えるだろうが、篠原としては極めて真面目であり真剣であり、うそいつわりのないところなのであって、たとえば彼はそれから大学二年のはじめ迄は芸術至上主義者であり、それが忽ちプロレタリア作家になり、今日はあやしげな流行雑誌の編輯者だが、今日を除いて、その豹変は自分自身に対して寸毫《すんごう》もウソはなかった。それは悲劇を自覚せぬ人間の悲劇ほど世にいたましいものはないのと同じ事情であった。彼がその掌をかえすような移り変りの、変り目に於いて殊にムキであったことは、彼の背後で彼をしようのないオッチョコチョイと指弾する声の愈々《いよいよ》高きを加える理由となった。現在の彼への移り変りの際は、さすがに以前のような勢いは既に見られず、やりきれない自嘲が彼をもう何も書けなくさせてしまった。流行雑誌「ヴォーグ」などは、その発行を理由として神戸の父から東京でブラブラ遊ぶ金をひき出すためのものにすぎない。――それは兎も角、友成の放校について少々筆を費すのが順序であった。

社会思想研究会は友成等が二年（正確に言えば篠原、小関は二年、友成は落第したから一年）の秋に、解散を命ぜられた。その研究会も加盟していた高等学校聯盟は、全国の高等学校二十五校の中の二十三校に所属研究会を持っていたが、前年の暮からその年のはじめにかけて、その悉くがバタバタと解散を命ぜられ、三高とここだけが僅かに残っていたのである。が、——友成がマンネリズムと言った程に隆々の勢力を持っていたこの研究会も遂に解散命令を下された。会員達は教室のひとつで解散事情経過報告演説会を開いたが、その聴衆のなかに珍しく友成の顔が見られた。彼は恐らくこの半年間というもの、手を通したことがないと思われる皺だらけの制服を着、その長髪を押入の隅から引張り出したらしいくしゃくしゃの帽子に収め、その風貌は部屋にいる限りのものの悉くの眼を惹いたが、下級生は誰もこの異様な学生の顔に見覚えはなかった。会場には臨監という形で生徒監が控えていた。こうした会である上に、血気旺んな青年ばかりがムンムンと押しかけ、凄壮《せいそう》の空気がいよいよ濃く立ち籠めた。そのなかで、型のごとく議長が選出され、昂奮で顔の引《し》きつった議長は教壇に登ると開口一番、生徒監の退場を要求した。寄宿寮は自治制度が布かれていた故、それを建前とし、それは会員外の生徒の賛成をも獲るのに頗る効果的であった。満場一致でその要求は可決され、学生たちは一斉に退場！　退場！　と叫んだ。生徒監は退場を断じて肯ぜぬということを形で示すかのようにあらためて腕を組み天井を睨んで嘯く風をした。怒号は会場の硝子窓をビンビンと慄わすほどであったが、彼は股を大きくひろげて椅子に傲然と坐りつづけていた。その時、肩幅のひろい一人の学生が、彼の前にパッと飛んで行った。出てくれ給え！　生徒監はこの学生をぐっと睨みつけ、そして眼をそらせた。そういうことを言ったり、したりして、君、いいのか、――生徒監は無言によってこう嚇《おど》したのだったが、相手はすこしもひるまなかった。出てくれ給え！　彼は言いつづけ、しまいにはとうとう、出てくれ！　出ろ！　に成った。彼の背後に高まる一方の怒声が彼にそうさせたことは勿論であるが、彼自身、自分の言葉にどんどん昂奮して行ったのだ。椅子にふんぞりかえった儘の男は、学生に容易に加えられるその権力を頬の苦笑に暗示しながら、尚も虚勢を張っていたが、次の瞬間、学生の逞しい手を自分の腋の下に感ずると、君！　おい君、なにをすると顔にさッと血を上らせて、あわてた。生徒監は立ち上り、抵抗的な腕をのばしたが、学生の腕には思った以上の力があった。君！　君は乱暴する気か。学生達の無分別な暴力を知っている生徒監は後へさがらざるを得なかった。学生はその彼をどんどん扉の方へ押して行き、遂に扉に押しつけた瞬間、どうした訳か、出て行って下さいと敬語を使った。

　この学生が松下長造であった。彼はこのあきれた行動で想像されるような（想像されないようなと言った方が正しいかもしれない。）社会思想研究会に属する学生ではなかった。研究会では寧ろ彼は反対側の学生としていた。というのは、研究会はその解散を命ぜられる余程前から、いろいろの形で圧迫されていたが、そのひとつが道場での輪講（相互研究会を彼等はこう名づけていた。）の禁止であった。学校当局は直接その禁止を申渡すことの不利を考えて、道場の管理をゆだねられている柔道部（及び剣道部もはいってくるが研究会は柔道の畳の敷いてある道場を使っていた。）に言わせたのである。今後、道場の使用を拒絶する。——研究会は柔道部にすぐと抗議を申し込んだ。道場は一般学生のものであって柔道部だけの私有物ではないではないか。——理窟に勝てない柔道部は腕力に出た。道場にがんばっていて会員を暴力で追っ払い、それで慊らず、めぼしい会員の寝室を夜半襲った。国賊を膺懲《ようちょう》せよ！——松下はその柔道部の部員であった。然し酒飲みでぐうたら者の彼はながく部にはとどまれず、どこの学校にも見られる名物男の一人に成り、ルンペン的反動という特殊名を研究会グループから受けていた。その彼がああした行動に出たのは、その場に居合わせた研究会グループのさかんな拍手（そのなかには、第五節の冒頭に於いて篠原が語った、現在S—県の特高課長に成ったというM—の熱狂的拍手もあった筈である。）にも拘らず、生徒監への単なる反感からであった。こうした事は彼には幾度となくあるので、その他愛なさは次のような挿話と同程度であった。彼は酒を飲むと腹が立ち、腹が立つとその対象は小癪な生徒監という変な習癖がある。その日は記念祭であったが気のすすまぬらしい仲間を叱咤して白昼彼は生徒監室へおしかけた。扉をあけると、そこには目指す相手のほかに予期せぬ校長の姿が酔眼に映った。なにか用かと生徒監は言ったが、彼ははや逃足の相棒をおさえるのに忙しかったから、それには答えず、おい、どっちを先に殴ろうか。自分では耳語《じご》のつもりでいたらしいが、部屋に筒抜けの大声であった。生徒監は立ち上り、こらッと怒鳴り、相棒は首を縮めて逃げ出して了った。松下はへへと笑って、仕方なく退却したそうであるが、相棒はあんなに驚いたことはないと言ってみんなに語ってきかせ、しばらくは長公（松下の渾名）の蛮勇を讃える賑やかな語り草となっていた。その松下と、友成や篠原は、カフェーで顔馴染《かおなじみ》の間柄であった。学生でありながら学生らしからぬ長髪を蓄え、剰《あまつさ》えルパシカごときを着込んで横行する友成を、運動部関係の猛者連は校風を乱す軟弱堕落漢と罵り、鉄拳制裁を加えようといきまいていたが、松下は不思議と彼を庇《かば》っていた。友成と一緒にカフェーへ行けばいつだって彼にオンブときまっている、そうした打算の心が、一見かかるものとは全く縁のないような松下の豪放を装った弊衣破帽のなかで動いていたことは否定できないところであるが、同時に松下らしい単純さで友成にそれとなく敬意を払っていたせいもある。腕力に全く自信のない友成が一方、松下を巧みに操縦して、カフェー歩きの好個の用心棒にしているらしい下心は、不断は松下君と丁寧に呼んでいるが、酔いが深まると、おい長公と親分気取りの声を放つことによって暴露されるのである。親分気取りはむしろ松下の方の欲するところであるから、そうした場合、松下は明瞭に不機嫌に成って、あーん？なんじゃと言い、その間を丸くおさめるのは篠原の才子的な手腕によらなければならなかった。ねエ、長さん——と篠原は甘える如き声を出し、友成のかかる態度はもはや隔意の些かもない親愛の表現なんであるという風に松下に呑み込ませるのに努め、頭の動きの簡単な松下は直ちに左様丸めこまれて了い、さーても、トム、一杯いかんかと好機嫌に叫ぶ。小関などに対しては、相手の感情をまるで無視した傲慢不遜《ふそん》の態度でしか接しない篠原に、かかる幇間的《ほうかんてき》な心使いのあろうとは、これまた面白いことであった。（第三節、小関との邂逅《かいこう》の場面で読者に紹介された、篠原の必要以上の感動癖と慇懃さ、思えばあの技巧は後年それを吸収するに適当な下地が、こうした心使いの中に既に仄見《ほのみ》えていたのであった。）

話半ばではあるが——一体、豪放を装う人間は、その実、普通人以上の小心を隠している例を少しとしない。松下はみずから語るところによって、その好い例であることが分る。彼は気の弱い中学生であったと嘗つて篠原に語ったことがある。なんとかして自分を強くしたいと僕は一生懸命に自己訓練をしたもんだ、ハッハッハッ。そう言う松下は今では装いが身にすっかりついて了ったと見え、彼自らは照れた風のつもりの笑いが、豪傑笑いといった如き哄笑としてしかあらわされなかった。高等学校に於ける蛮風尊重の寄宿寮生活は彼の自己訓練にはもってこいの場所であって、そして其処では、周囲が終始松下を生れながらの豪放磊落《ごうほうらいらく》の人物としか見なかったほど彼の偽装は徹底し、偽装がいつしか偽装でなくなって行ったのであった。しかし、たとえば長公と言われてムッとするあたり、さすがに磊落を気取りきれぬところを出している。又、前述の社会思想研究会解散事情経過報告演説会での彼の行動や、記念祭当日の生徒監室での無茶などから察すると、いかにも豪胆不敵の男としか考えられないようであるが、内心ではビクビクものだったのであって、それに対する一種病的なほどの嫌悪から敢えて行ったこれまた病的な無茶であり、一方その秘められた小心が事の結果をちゃんと計算し、たかをくくってやった無茶でもあったのだと、これは後年、篠原の考えたところである。この篠原の推断は、松下の、自分はもと小心な男だったのだという告白に依ったばかりでなく、次のような事実をちゃんと照らし合わしたものである。後年（詳しくは松下が大学一年の時）彼は、その好みとするところの親分気取りの快感を、存分に味わうことのできる機会に恵まれた。その頃の彼は左傾していたと、いま突然に言うと、読者は小説的作為と疑うかもしれぬが、当時の青年層を誰彼の区別なく熱病のように襲ったその左傾現象は、それを事実のまま書いたら却って小説にならぬ位であって、もしも小説的作為という点から考えるならば、むしろ事実を枉《ま》げねばならぬ程のものであった、諸般の事情は読者も知っていることと思う。ところで松下は、事実は左傾の名に値せぬ程度の左傾ではあったのだが、日常彼の口をついて出る言葉は悉く左翼的言辞であったから、ほんとの肚を見抜いてない人には、左傾といった新聞的形容詞以上の彼が立っているとしか映らなかった。彼のごつい風貌が又それに少なからず役立っていた。（モダン・ノッポの異名のあった篠原などは、わざと左翼的な服装を施していたが、身のこなしや容貌がモダンな颯爽味を漂わせ、左傾を人に信じさせるのに損であった。）彼は運動の方針を「われわれ」とか「……ねばならぬ」とかいった言葉使いで論ずるのであった。が、彼自身は運動に従っている訳ではなく、彼の下宿へ出入する従事者からの受売りに過ぎない。だから彼はそうした人達の前では決してそういう言葉を弄せず、その時分はプロレタリア作家の篠原などの前に出ると「今や……」などと猪首を突出して威丈高に語り出す。それは松下が篠原を軽蔑していたことの証拠であるが、松下だって篠原に劣らぬ単なる左翼ファンにすぎないことを篠原は見抜いているから、彼も亦、さも自分は運動に加わっている非合法の人間であるぞということを暗示するようなことを言い出し、そうなると、松下も負けん気になって、プロレタリア文学のごとき安全地帯に散歩している君なんどとは違って、僕の方は明日をも知れぬ危険を潜《くぐ》っているんだということをその黒い顔を赤黒くさせて言う。すると篠原も、プロレタリア作家は僕の合法的な片面にすぎないと、やり返す。今、篠原のひけらかしの一端をここに紹介すれば——彼は言う。自分のいる地区の「化学」(全協の日本化学労働組合を、左様さりげなく略して言うところに自分とそれとの日常的な関係を暗に匂わすような口吻《こうふん》であった。)の地区委員会は最近迄、街頭的な分子だけで構成されていたが、この頃は工場から直接、労働者があがってくる様に成った。その為、工場組織が目に見えて拡大されて行く、これからは上の組織にも工場に実際身を置いている労働者を抜擢《ばってき》せんといかんなあ、闘争経験が浅いからといって不安がらず、大胆に採用して機関のなかで訓練させるようにする。しかし一方弾圧がはげしいから、機関に就いた労働者はどうしてももぐらなくてはならない事情もある、そうなると機関はまた大衆から浮き上った街頭分子だけということになる、その点が実にむずかしいなあ。こう言って篠原は上唇を左の方にあげる例の特徴的な微笑を見せる。——どうだ、俺はこんなにも非合法の内情に精通しているんだぞ、参ったろうという微笑である。心ある者は同席するに堪えない程の、左翼的虚栄といったものにみちみちた、左様それを抜いたらなんにも残らない応酬に、彼等はいきり立っているのが常であった。篠原はその後、口先だけでなく事実、組織に加わったが、松下は相変らずファンであった。その松下は高等学校では名物男であったから、その周囲には種々な交友を持っていた。それは彼が二年落第した事情にもよるが（即ち彼が大学の経済学部一年の時は、彼と同時に高等学校へはいった篠原は文学部仏文科三年生であった。）したがって彼の交友中には入学した年度の違う年下のものも数多くいて、彼等の間では、彼はクラスは同じでも、やはり先輩格を以って目されていた。そして彼等のうちには合法的な社会思想研究会解散後の圧迫の只中で、ひそかな研究会を持ち続け、前節でも述べたように篠原達が属していた当時の研究会員とは異った、質のいい会員としてその儘まっすぐに実践へと突き進んで行った幾人かがあった。その幾人かのうちの二三が松下の下宿へ来、それが又連れてくる新しい顔触れをも交えて松下は、その人々に対してさきに書いたところの親分気取りの快感をそこで味わうことができたのであった。今は親許とも音信を絶って非合法生活にはいっている彼等に、彼は余り豊かでない財布からせがまれる儘に交通費を出し、客膳《きやくぜん》をドシドシ食わせるのだった。明日をも知れぬ危険というのは、彼等のことであって、下宿の部屋に傲然とあぐらをかき、遠慮なく食え、ああ食え食えと彼等に言って親分気取りでいる彼のことではなかった。まだ組織に加わらなかった頃の篠原は、勇敢にはいって行った下級生のこの彼等に会うとヘンな僻《ひが》みを覚えて、ジリジリとしてきた。臆病者と軽蔑されていはしないかと思い、ながく顔を合せていることができなかった。そうした感じから松下は全く救われていて、さればこそ、親分気取りの快感に酔えたのであるが、これは彼の言う自己訓練の賜物《たまもの》かもしれぬ。

そして彼は下宿を転々として変え、篠原にはその理由を危険の迫る為であると説明したのだが、客膳のための厖大《ぼうだい》なツケを払えず、踏み倒して夜逃げしたのだ。大学の制帽制服の信用で、どうやら次から次へと下宿をかえることができた、彼の名も、三年になると、踏み倒しの常習犯として本郷界隈の下宿の玄関先に張った大きな活版刷の廻状に歴然と見出される始末と成った。借金は下宿屋のみにとどまらず、めぼしいおでん屋はことごとくその前を避けて通らねばならず、屋台の焼鳥屋までに高等学校以来の積年の借金があった。彼は本郷界隈おかまえと成り、そこで好きな酒を飲むには上野まで下って行く状態であったが、そのある店で彼はとうとう無銭飲食を働いた。これがいわば大学生の縄張である本郷界隈であれば、借りとくよで済むのだろうが、そして松下はこの店ももう馴染み程度であるからと独りできめこみ例のデンでゆく肚だった。それが無銭飲食ということに上野ではなり、主人からその言葉をきくと、彼はカッと成った。君は帝国大学生とルンペンとを同一視するのか！　乱暴の果ては留置場行となった。そして彼の房に、見ると、彼の下宿にここ一箇月ほど姿を見せなかった「客膳組」の一人がいた。松下が思わず、おうと言おうとすると、その男は矢庭に手で彼の口を蔽い、首を横に振った。数日の後、松下はその男を残して警察の裏門を出たが、その数日というのは、飲食代と弁償代とを持ってくれそうな友人を物色してそうして警察に当って貰ったものの、次々に数人の友人にことわられてやっと一人が救いの手を差し延べてくれた、その手間に要したのである。下宿に戻った彼は浮かぬ顔をして机に肘をついていたが、やがて落ちつかぬ気に立ち上ると、檻《おり》の中の熊のように狭い部屋中をあっちへ行ったり、こっちへ行ったり、そしてのびた髯をボリボリと音を立てて掻いたりしていた。こうしたソワソワした有様は日頃の彼には仲々珍しいことなのだが、それは留置場に残してきた男から、しかと連絡を頼まれ、うんと威勢よく引受けて来たものの、気が進まぬ、はっきりと言えばどうも怖い、その困惑に由来した。彼はそれから湯屋へ行き、垢を落し、髯を剃り、エイエイと体操をし、腹に力を入れて深呼吸をした。それでも逡巡は去らなかった。夜になると質屋へ行き、酒を飲んだ。そして、とうとう連絡を取らずじまいで半月経ったが、根は正直の彼は恰もそうする事によってその詫びをするみたいな態度で、そのことを神妙に告白した。その相手が篠原なのだが、若しこの松下が篠原であったら、彼は決して自分の卑怯を他に語ることはしなかったろう。というのは――俺は矢張りシンは臆病なのだという痛々しい言葉を、松下は、前述のような虚栄的な争いをした間柄である他ならぬこの篠原に向って放った。そして思わず長大息の洩れ出た首を彼は左手で締め上げるような恰好をして、フーフーと悶えた、その裸の気持に篠原は接しても自分は裸にならなかった。そうした人間で、篠原はあるからだ。――さきに書いたところの、篠原が所詮松下を小心な男と推断するに用いた事実とは即ちこの事である。――篠原はその時分からそろそろ顎下に肉のつきかけた、その顎をぐッと引いて冷やかに言ったものである。そういうことじゃ、長さん、困るねエ。

松下の高等学校時分の無茶は、学生の単なる無茶として看過され、そう大した結果を惹きおこさないだろうと、自ら計量してかかったものであるとする篠原の考えは、あながち不当ではなかった様だ。かの報告演説会での生徒監追い出しの一幕も、彼の計算通りであった。勿論これは、夜半ひそかに生徒監宿直室に朴歯を投げてその硝子窓を割ったり、街の看板をひっぺがして寮務室に投げ込んだり、酔払って生徒監の所へぐずりに行ったりするのとは訳がちがった。処罰問題と成って教授会の席上までのぼったが、それが幸い大した結果にならなかったのは、彼の行為に思想的背景のないことが明らかになったからだ。彼としてもそこを計算に入れての行動であったろう。

そして話はおのずから、その当時に戻って行く。即ち、友成の放校の事情であるが、その演説会では彼は頗る激越な演説を試みた。研究会とは底では同じ気持なのだが、その仕事には遂に加わらなかった。それに対する埋め合わせを一遍に取りかえそうとでも願っているような、ひたむきなものであった。その感情の余燼《よじん》が二学期の試験で再び狂的に燃え上ったとでも言うのだろうか、彼の差し出した答案という答案にはことごとく、解散命令に対する抗議文しか書かれてなかったということである。このいささか常軌を逸した振舞は、教授会をすっかり怒らせ、出席日数のまるでない日頃の素行までがしらべられ、外部と連絡ある未曾有《みぞう》の不祥事という怒声が校長の口から発せられた。仙台から医者の父親が呼び出され、放校の告知書が掲示板に貼られた。伜の同棲を知って父親の驚愕は一層深かったが、父親の憂えたほど女は別れるのをいといはしなかった。手切金を手渡し、子供のできなかったのがせめての幸いだったと父親が言うと、あたし子供なんぞ出来ないわと笑いながら言う女の言葉は、裂かれた為の捨鉢か、或はほんとのことをその無智さから不用意に洩らしたのか、自分の女出入には相当場数を踏んだドクトルも、流石に頭が乱れていて判別できなかった。お互いのため、なんですな、自重をすることですな。彼は髭を撫で、部屋の道具にチラチラと眼をやった。――友成はその儘仙台へ連れ戻され、智恵子はしばらくすると富士見軒へまたぞろ姿をあらわした。女のその図々しさには篠原は眉を顰めたが、女ナンテものは動物と人間との中間的存在物であるという今の彼の持説は、或はこの辺にその源が求められるかも知れぬ。友成との同棲前にはこの智恵子に、どうやら秘かに慕情を寄せていたらしい松下は、エプロン姿に戻った彼女を見ると、ニヤニヤしながらどうしたいと言った。空家になっちゃったのよ、彼女は眉をあげ、そのため狭い額をいよいよ狭くして言った。誰か新しい借り手がいないかしら。そして歯茎をそっくり出して笑った。俺に持ち掛けたっても駄目だいと、木綿の紋附羽織を着込んだ松下は子供が駄々をこねる時のような表情をし、勝手にしやがれと大層不愉快そうに言った。その翌日、校庭で会った篠原が、あいつはとんでもない女だと言うのに松下は、うんとまるで号令を掛けるような声で応じ、わしゃ女は嫌いじゃ、やっぱあ稚児さんの方がええて。

この友成の放校騒ぎを小関は、あれは金持の伜なればこそ出来ることだという風に見た。その彼らしい感慨をこれまた彼らしい愚痴っぽい独白で現わすと次のようになる。――だってそうじゃないか、僕らは放校にでもなってみろ、もうすべてはおしまいだ、けれども友成には金力がある、その金力でいくらでも打開できる、その安心があればこそ向う見ずなこともやれるというものだ、人は彼を果敢とし僕ごときを因循とするだろう、それは短見者流の考えさ、だってそうじゃないか、僕にだって将来扶養しなければならない母親などのかわりに一生或はなんにもしないだって食ってゆける財産でもあって見ろ、実に僕は無責任になれる、すなわち勇《ゆう》猛猪突《もうちょとつ》も敢えて出来る、僕の愚図は性質の問題ではなく、金の問題だ、ああ僕も金持に生れてくればよかったなあ云々。――後年、彼が大学生の時、彼は彼自らの言葉によれば「学内の左翼組織の一員」に篠原のため殆んど無理やりにさせられた。丁度篠原が自らをマルクス主義者と思い込んだ当座であったから、その意気や当る可からず、マルクス主義者でなければ人に非《あら》ずという勢いであり、その勢いの前には小関ごときは暴風の前の木片に等しい。二人は帝大前の珈琲店に腰をおろしていたのであるが、君も嘗っては輝ける社会思想研究会の一員ではなかったか、とわざと汚いソフトをかぶった篠原は傍若無人な大声を出すのだ。小関は思わず、まあまあと抑えねばならず、そして周囲にへんな背広服はいないかと狼狽した視線を放った。彼は女給仕に、ミ、ミズを呉れと言い、コップの水を一息に呑むと便所に立った。鏡に映った己れの歪んだ顔を彼は暫く見詰め、搾《しぼ》り出すような溜息でその顔を下に伏せた。この溜息、これを言葉で表現すると、てもなく前述の独白に再びなるのであった。篠原の父親が神戸に大鉄工場を持ち、巨万の富を擁していということは、その前の年の新聞紙上を賑わした疑獄事件にもその名が見えていて、篠原の友人は知らぬ者のないことであった。「自縄自縛」という、真偽の程は明らかではないが、諧謔を愛する学生の笑い話にはもってこいの挿話が友人の間に伝わっていた。篠原の父親は疑獄事件に連座して引致されたが、その手錠がなんと、自分の工場で作られたものではないか。これはなんとしたことじゃ。彼はにがにがし気に言い、岩丈な手錠に力を籠め、やがて莞爾《かんじ》として言った。流石は、うちの製品や、精巧なもんや。

篠原は小関にとって苦手であったと第三節に書いたのを読者は覚えていられるであろうか。小関が彼から殆んど強制的に組織に入れられたことも、その数々の苦手のうちのひとつであった。しかし小関はその当座のつらい感覚にも拘らず、現在ではその時分の己れを多少誇りに似た気持で思い出し、人にも語り、それが彼をして自ら「学内の左翼組織の一員」などと言わせる所以《ゆえん》である。実はその名に値しない怯懦《きょうだ》な存在ではあったのだが、俺だって憚りながら勇敢なマルキストだったんだぞとは、よく妻の豊美に言うところで、まあといった感嘆詞を期待する顔である。あの時分みんながなんと美しい純粋な心を持っていたことだろうと彼は稍感傷的な面持ちで言う。人間の心の清い半面だけでみんながしっかりと手を握り合っていた時代だ、自分はない、あるのは理想だけだ、俺の生涯に二度と再びあんな崇高な人間的な結び合いに出会い得る日があるだろうか、ああ。——豊美はその青膨れした顔に怪訝《けげん》な表情を浮べて、興味のなさそうな声で言った。そんなに美しい友情だったの、男の方ッていいわねえ、女には友情といったようなものはないわ。小関は縁側で膝小僧を抱きながら、雲脚の早い空に眼を放っていた。そして妻の詰らなそうな顔を眼にしなかったから、おだやかにこう言うことができた。

お友達同志の友情といった、そんな甘い、ふやけたもんじゃないんだよ、もっとぎゅッと曳き締めた――なんていうかね、ふわふわした感情の遊びなんかはいる余地のない、理性的なものだ、そうだ、たとえてみれば、難船してちッぽけなボートにみんなが乗ったとする、そしてみんなは協力して陸へ舟をすすめるんだね、大きな波がどッと来てボートがひっくりかえりそうになる、みんなは舷にしがみついてそれを防ぐ、そして一生懸命に舵《かじ》を握っているものもあれば、オールを漕ぐものもある、まああれだな。雲のしきりと動く空が彼には海に見えて来、彼は眼をショボショボとまたたいた。みんな一生懸命だったんだけど、ボートはとうとうひっくりかえって了ったのだ、みんなは海の底に沈んでしまった。――獄に囚われた同志の顔を彼は思い出し、斯様《かよう》にノホホンとしていられる己れをすまなく感じた。その感慨も、しかし彼の言葉を理解すべくもない豊美の声で直ちに破られた。折角の日曜をつまんないわね、お母さんにお願いして、晩、割引へでもゆきましょうか。彼は、うーんと空返事をし、それを追って省線電車の響きがゴーと聞えてきた。低気圧の時にだけその響きは伝わってくる。どうやら雨模様だ。彼はそう言いながら、立ち上ってのびをした。すると頭がキリキリとし、眩暈《めまい》を覚えた。いけない、俺は弱っている。

秩序立ててという約束にも拘らず、支離滅裂な回顧と成った。幸い筆は現在に戻っている故、これで打切り次節に移ろうと思う。

第七節

編輯室の旧式な電話がチリリンリンと鳴り、受話器を外した人が、はい、はい、え？　え？　と言った。え？　小関さん？——意外だといった声であったが、嘗て電話などかかったことの無い小関の名は聞きとりにくいのは当然であった。小関は恥ずかしそうに顔を赤くし、そして、もしもしという声の幾分震えを帯びていたのは、家に変事でもあったのかと咄嗟、不安に襲われたからであった。今朝、出社する時、妻の豊美がひどい悪阻《つわり》で苦しんでいた。もしもし小関ですが。——ああ、小関君、僕だ。——え？　電話になれない小関はその太い声をすぐと判別し能わなかったが、それと分ると、途轍《とてつ》もない大声を挙げてしまった。ああ、松下君！

——小関は自分の声に自分で吃驚《びっくり》して、背後の人々を振り返り、今度はまた大層小さい声に成った。——これはどうも松下君。ちなみに、その電話は大抵の事務所などに見受けられる卓上式のものではなく、扉のわきの柱に取りつけられたものである。慣れぬ証拠には送話口に鼻を押しつけん許《ばか》りの小関が、えーとか、うんーとか言うたびに柱に御辞儀をしている、そのうしろに編輯の机が並び、その一隅で、第一節に出てきた私立出の臨時雇、小関のどうも虫のすかないあの同僚が、色の悪い顔に冷笑的な歪みをみせて、その小関の滑稽な有様をにやにやと眺めていた。

松下長造の電話は、今夜、君と会いたいという用件であった。そして、会いたいと言っただけで、もう小関の承諾を得てしまったかのように、どこで会おう？　と言った。さあ。——という小関の声と同時に、そうだ神楽坂の「ひさご」がいいと、向うは独りできめ、独りでしゃべっていた。坂をあがって右側の路地をどうこうと、松下は、「ひさご」という店の道順を伝え、何時がいい？　と、初めて小関の答えられる間隙《かんげき》が与えられた。さあ——彼は首をかしげた。和英辞書編纂の仕事は予定より大分遅れたらしく、部長はみなにピッチをあげてくれと言い、自分は夜おそく迄居残りをしていた。もう病院へ通わなくなった小関も、この頃、一時間はきまって居残りをし、それでも部長よりさきに帰るのに仲々気がひけた。特に校正の沢山出た今日は、一時間位の居残りでは片付きそうもなかった。さあ——彼は顔を顰めると、ひけるのは五時なんだろう、え？　と耳許の受話器が言った。でも……と言ったのが聞えないのか、じゃ、五時半ではどう。そして小関の逡巡にかまわずに、さきに行っているから成るべく早く来てくれと、相手は言い、じゃ失敬と電話を切り、そのガチャリという音を聞いて了ってからも、しばらく小関は受話器を耳から離さなかった。すると何もきこえない、その一二分ばかりが、不思議や彼の心に疼くような喜びを与えた。——松下の声がビンビン響いた時には無かった喜びを。ビンビンというのはこれを誇張ではなく、受話器を小関があまり耳にくっ付け過ぎたせいも半ばあろうが、松下のあの傍若無人の大声は聴き手の鼓膜を痛くさせ、会話を明瞭にさせようとして却って不明瞭にさせていたのである。小関は受話器を極めてゆっくりと掛け、その儘の姿勢で電話を見詰めた彼の頬に快心の笑みといったものが浮んでいた。さも心残りでもあるような風情でそこを去ると、彼はすぐ机に戻らないで窓際に立ち、すると、秋のもはや来たらしい澄んだ青空の色が彼の眼を捉えた。ついで彼は眼を下におろすと、水綿《あおみどろ》の一面に生えた濠《ほり》が今日は実に立派な緑色であるのに驚き、思わず、ほーと言った。夏の日ざかりは、ぽとりと淀み腐ったその水から、ブツブツと瓦斯が立ち、遠くのこの窓から打ち眺めてさえもムーッとした感じに襲われずにいなかった、あの汚い濠がである。

うれしそうですね。――小関の動きを、終始チョロチョロと観察していた例の臨時雇が席に漸く戻った小関に言った。小関は、しかし、こんな場合でさえもこころよい返事を与えることができないのだから、不断の小関の彼への態度は推して知られる。(そこの工合は第一節で既に記した通りである。)即ち小関は、いや――なに、と突慳貪に言い、けれどその顔は矢張りニヤニヤとゆるんでいた。そのニヤニヤを説きあかせば次の如くになるだろう。彼が己れの今日に抱いている複雑な想いは、それを克明に分析し説明すると却って正体をのがして了わねばならぬ、「もう駄目だ!」という彼のよく口にする嘆息、この曖昧なやつでこそ最も適確にそれを表現し得る、そういったものであった。繰り返して言うならば、自分は「もう駄目だ!」と思っていた。それがこの日頃、駄目でないかもしれぬといった感じ、力みたいなものと言おうか、喜びみたいなものと言おうか、希望、夢と言おうか、――兎に角、明るみが彼のうちに差して来た。筆者が通俗小説に慣れていたら、秋子への慕情をその原因とするだろう、それもあるが、然し、違うのである。篠原との邂逅によって始まった同窓幾人かの再会が彼にそういうものを与えたと見たい。秋子に惚れ出したというのも、そのあらわれの一つに他ならぬ。思えば、古今東西を問わず、友人というものはいいものである。篠原のような小関にとって友人とは言い難い間柄のものであってすらそうなのだから……。——元来因循の上に、しがないその生活、むさくるしい家から牛込の社へ往復するだけが一日の味気ない生活、そのため愈々因循にされた彼が、奔放無頼の篠原の生活に接して、いわば気が大きくなった。機あらば、この俺だって……と、前途に何やら男子一生の仕事といったものが待っていないでもない気がしだしたのであった。まるで総べてから見棄てられたようなこの俺に——この俺にだって、見ろ、呼び出しの電話がかかってくる。もっと大きな世間からの呼び出しがかかって来ないともかぎらない。ヘン！　こんな下らない出版屋に安月給でこきつかわれる身体じゃないんだ、この俺は。

夕方、教えられた「ひさご」へ小関が行くと、松下は既に銚子を二本あけていた。やあ遅いぞと、この往年の高校名物男は胸をそらせ、小関の鼻先にすぐ盃を突き出した。酒好きでない上に空腹の小関は赤インキが指先についた手で、それを遮りながら、奥に眼をやり、それから壁に顔を向けた。「ひさご」という洒落れた名で想像したような、小料理屋でもなく又おでん屋でもない、酒一方のこの店の奥には小関の期待したおでん鍋はなかったから、短冊形の紙を貼った壁を見た訳である。上酒、小、十五銭。大、三十銭。焼のり、五銭。おしたし、五銭。

湯豆腐、十銭等々。腹の足しになるようなものは一向に無いらしいのに、小関は諦めた顔付で唾をのみ込み、肥った小女の持ってきた盃を黙って挙げて松下の銚子を受けながら、君が神楽坂まで発展しているとは知らなかったと言った。松下は池袋に住んでいた。彼は自分の盃に独りで酌をしながら、なーに、ここは篠原の縄張りさ、小関君、灯台下暗しという奴だね。え、篠原？――そういう小関の声に、松下はハッと何かに気付いた感じであったが、分厚く赤黒い唇を嘗《な》め廻して酔った風を装うと、話題を巧みに他へ転じ、小関はその弱気からたって追及することができず、ずるずると他の話にはいらされた。クラブでは一番売れッ子なんだ、――松下は言ったが、これはマネキン・クラブに出ている彼の女房のことを言っているのであった。即ち彼は篠原の縄張り云々を誤魔化し去るために、我々新時代のものはよろしく共稼ぎであるべきだと、慌てて突拍子もないことを言い、それから続いて女房の話を独りでしだしたのである。これはたしかに小関にとって興味のないことではなかったから、松下の思う通り、小関の注意を容易に他に転じ得たが――兎に角、松下とマネキンとの取組みは小関でなくても、耳を欹《そば》たてずにいられない代物に違いなかった。「我々新時代のもの」という言葉にしてからが先ずもって松下とは絶対に調和し難い、そんな松下が、マネキンといえばモダン・ガール中の最《さい》尖端《せんたん》の女性が想像せられる、そんな女と夫婦であろうとは！　これがモダン・ノッポの渾名のあった篠原とでもいうのなら、頷けないこともないが、人もあろうに松下とは――。都会のすれッからし女と山男とが恋愛をするという、頗る非現実的なアメリカ映画があったことを読者は覚えていられるだろうか、それにも増して、これは何とした映画的なことだろう。――惚《のろ》けに近い松下の話を、小関は嫉妬の交った好奇の心で聴き入った。家賃は半分に割って、二人で半分宛《ずつ》出し合うんだ、面白いだろ、ところが先月は俺が飲み過ぎたんで、とうとう女房に全部払わせ、借用証文を取られた、実際口惜しいけど女房の方が稼ぎが多いんだ、もとはマネキンは一日八円が相場だったというから豪勢なもんさ、今はインチキ・マネキン倶楽部《クラブ》が沢山出来て値をおとすもんだから、ぐっと安くなった、それでも女房の入っているNマネキン・クラブは何しろ歴史が古いし、粒が揃っているから、よそよりは高い、一日六円だ、それに女房なんかは写真モデルの方でも引張りだこだから、俺なんかより収入が多いんだよ、云々。こう言う松下の顔には何かの調子に、学生時分の豪放気取りの彼に見られなかった一種卑屈で汚しげな線のチラチラするのを小関は見遁《みのが》さなかった。女房を自慢することによって、自分自身に誇るべき何物も持っていない松下が僅かにその虚栄心を慰めている。この小関の観察には、誤りがなかったと思われる。小関は酒で胸元がカッカとするのを感じながら、一方、気の滅入る侘しさにその胸全体を締めつけられるのを覚えたが、さりとて嫉妬の念だけは一向に去らぬのは小関らしかった。自分自身誇るべき何物も持たない、これはただに松下の有様ではなく、小関もそうに違いなかった。

女ッてものは磨けば磨くほど綺麗になるね、これは実に不思議だ、おい小関、盃をちっともあけんじゃないか。松下の話は止まなかった。はじめ結婚した時は、そうも思わなかったが、マネキンになったらメキメキ綺麗になりやがって、こいつ、俺の女房かと思うことがある。ここで松下はチューと音をたてて盃を傾け、小関は、怪訝そうな顔付で何か言ったが、松下の耳にははいらなかった。——俺は外勤で身体が自由だから、この頃よく、こっそりデパートへ行って、女房のマネキン振りを脇から観察するんだ、あの女が俺の女房、そう思うと、自分ながら可笑しくなるんだ、俺みたいな男にあんな美人の女房があるとは、だーれも知っちゃいめえ、そう思って立っていると、側を何も知らない男などが、綺麗な女だなァなんて言って通る。ざまあ見やがれ、けど、どういう訳か、女房は俺が行くのを迚もいやがる。後で家へ帰ってから、今日、三越の売場にいるのをしばらく見てたんだが、と言うと、女房の奴カンカンに成って怒る、どうしてだと聞いても訳は言わない、怒るなんてヘンな心理だ、俺には分らん、おいおい、盃にボーフラが沸くぞ。松下は舌なめずりをし、正に得意満面であるが小関は冷えた酒に唇を当て、そのにがい冷たさに己れの心に滲み出たにがにがしい想いと同じものを味わうのであった。女給がその亭主に自分の出ている酒場に来られるのを嫌うと同じ気持で、彼女は自分のみっともないマネキン振りを夫に見られたくないのであろうが、そんな夫の卑しさに彼女は怒り、そしてその怒った訳を明らさまに矢張り夫に言わない彼女の心の美しさ、又それを言えないことによって更に深いだろう彼女の悲しみ、それらを小関は瞬間に想像してそんなに美しい女性がこんな無神経な松下の女房であるという事実に憤りを覚えた。松下がデパートの売場の蔭でニヤリニヤリしている光景は、悲惨というより他に形容の言葉はないだろう。松下の奴、こんな不愉快なことを聞かせる為に、俺に電話をかけたのか——小関は不興げな眼差しで、彼等以外には客のない、そしてたとえ客が混んでも矢張りガランとした感じが避けられないだろう妙な作りの室内を見廻した。そんな不愉快な話を俺は聞きたくないんだぞということを暗示するこの動作は、はや酔眼朦朧《すいがんもうろう》の松下の気付くところではなかったが、流石に眼ざとい中老のおかみがそれとさとって、こちら、のろけてばかりいらっしゃるのね、おっしゃる方はいい気持かもしれませんけど、聴き手は堪りませんわねえ、そうでしょうと小関に愛嬌笑いを見せたが、高い頬骨の奥に大きな眼玉がギョロギョロし、牙《きば》のように大きい糸切歯をニュッとむき出したその笑いは愛嬌どころか、小関はギョッとした。そしてケチな嫉妬と思われたのも残念で、この家、どうも変だけど、もう少しなんとかならないもんかしらと小関としては巧みに話題を転じて、再び眼を四方に放った。そしてその言葉が内部の貧相を突いた悪口にも取れるとハッと気付くと、気の弱い小関は愛想笑いをしてすぐとつけ足さねばならなかった。実に殺風景だよ、おばさん、壁に額をつるすとか、なんとかそこに工夫がありそうなもんだが、これでは空家で飲んでるみたいだ、おばさんはきっと道楽にやってるから商売気がないんだね、たとえ僕等貧乏人への慈善にしろ、もう少しなんとか、——第一、広すぎる、勿体ない。小関は今迄黙っていたきりだったのを一遍に取りかえすみたいに、そして前言は悪口ではないのだということを納得させようと努めるかのように、しきりとお愛想めいたことを言ったが、控え目控え目の酒が大分きいたせいもあるらしい。この間まで玉突場だったのを、つい最近改造したんですよ。

おかみは気取った調子で言った。ほう、それをおばさん買ったの？——小関はその言葉つきから、勤人の未亡人かしらと思った。いいえ、私がやってたんですがね、娘が外へ勤めるようになってから急に是に変えたもんで……。松下がそこへ口を入れた。その娘さんが問題なんじゃて、ま、ま一杯飲んでと、小関に銚子を向け、これが又えれえシャンなんじゃ！　なあ、おばさん。小関に銚子を向けながら、片手で自分の盃を手早くあけると、さあおばさんにも一杯、——小関、飲めよ、なんだい、ああ、よしよし、おっとこぼれるぞ、さあおばさんだ、ここは不思議な店で、今のような時間はガラあきなんだ、なあ、おばさん、ところが十時過ぎに成ってみろッてんだ、押すな押すなの騒ぎだ、というのは、小関、分るだろう。——さア、小関は松下への不愉快な感情が去らない為、返事しなかったのではなく、ほんとに分らなかったのだ。その癖、松下から、それは娘さんが十時に勤めから帰ってくるからだと言われると、それならちゃんと察しがついていたと口には出さなかったが、そう自分で思った。すると、同時に、ここは篠原の縄張りだといった先刻の松下の言葉が突然、ギクリと蘇ってきた。篠原はその娘に目をつけているに違いない！　酔いの鮮かさで、小関はそれを感じると、狡るそうな口付を松下の耳に近づけた。篠原に最近また恋人ができたという話だが、それはここのだね。松下は身体をうしろに引き、ニヤニヤしている小関の顔をぐッと見詰めたが、やがて目をチラとおかみに走らせ、再び小関を見詰めた固い顔を参ったという風に崩すと、片目をつぶった。おふくろには秘密なんだからという、それは注意であることは小関には容易に頷かれ、ここの娘と篠原とが出来ていることは、それで明瞭に語られた訳だ。折よくおかみは奥に立ち、横目で見送った松下が言った。もう知っちゃってんのか、篠原の奴小関には絶対に黙ってくれと言ってたが。――ここのだとは知らないさ、ただ新しく出来たということはチャンと分ってた。小関はそう言うと、今まで飲み渋っていた彼が銚子に手をのばした。彼は松下にカマをかけたのであって、篠原が秋子以外の女に手を出している事実は、今はじめて知ったのだ。彼はふーと溜息をつき、その本心を知るよしもない松下は、実際あいつは達者だよと言った。そういう意味の溜息だと松下は思った。彼は小関が秋子に恋していることは知らず、「ひさご」の娘とのことを小関にだけは内密にしていてくれと篠原が松下に言った時、松下は何故？ときいたが、篠原は、いや、なに、あいつは野暮だから、なんだかんだと、うるさいものと答えて、小関は秋子に気があるので、他に女をつくったことを秋子にばらすかもしれないから、というほんとの事情を明さなかった。

――夢からさめたような感じで、小関がふと気がつくと、松下は自分が現在その外交員をやっている保険会社の話を一心にしていた。すなわち、これこそ松下が小関を呼び出した目的なのであったが、小関は他のことに気を奪われ、その上酔った有難さに松下のうるさい話を全く無視することが出来たのであった。

心ここにあらざる小関が松下の話を全く耳に入れて居なかったということは、その話を此処へ書かなくてもいいということとは自ら別であろう。されば筆者はそれをば、松下の現在を読者に伝える縁因と致したい。前述の如く松下はいまN生命保険会社の外交員なのであるが、その夜の、小関へのその話は、N保険が如何に大会社であるかの力説のうちに巧妙な端緒を見出した。第一生命、千代田生命、明治生命、帝国生命、それに我が社、以上が日本に於ける五大生命保険会社である。保険をかけるんだったら、大きい所が宜しい、安全という意味だけでなく、群小会社では得られない色んな利益がある、例えば病気になっても無料で癒して貰えるんだよ、いいかい小関君、無料でだ——云々。末葉は省略して、大体以上で要約せられる彼の言葉が、一体如何なる意図から発せられたものなるやを窺うならば、——然り、保険勧誘とは読者も直ちに見破り得るところであろう。会い度いという電話を掛けて来て、扨て会っても別段用事もないらしい様子で、てっきり、こいつは——と、来るのが当然である。ところで松下は——松下の肚には、それ以上に、自分を惨めな敗残者的な存在と小関に見られたくない虚栄もあった。彼が外交員と言わず、外勤という言葉を使うのに、それは既に見えていた。俺はついこの間まではルンペンだったけど、今じゃ大会社の社員なんだ、——と言い度いところなのである。豪放磊落を装っていても、シンは世の常の小汚い虚栄の、松下も所詮かたまりに過ぎないことは、前節に於いて明瞭に見たところであった。

ルンペンというのは——松下は現在の保険外交員に成るまでは、「授職事業」従事員であった。知識階級の失業救済が即ち「授職事業」であって、それによって日給最高一円五十銭、祭日、日曜日は日給無しの仕事にありついたのが、その「従事員」、彼等は、そして、各官庁に割り当てられ、救済の為に特に作り出された仕事、云い換えれば、仕事の無いということがいわば仕事である、そうした仕事に従事させられた。松下は彼等知識的ルンペンの一人として、職業紹介所へ行かせられたのであるが、当時、後輩の大学生が路上で会った彼に、勤め先はどちら？ 仕事は？ と尋ねたところ、彼は傲然と次の様に答えた由、失業者を救済しとるよ！——豈計《あにはか》らんや、彼こそ救済されていたのである！ その高校時代に於いては、奇傑の誉高く、校内を睥睨《へいげい》していた松下であってみれば、流石に有りの儘を口にし難いのも無理からぬところであろう。松下が生活の為その妻をマネキンに出したのは、この時分のことであるが、では彼は何時妻帯したのであろう。彼が初めて彼女を見た時の彼女は大学に近い喫茶店のレジスターをやっていて、彼は大学の制帽をかぶり（——彼はやがて半年でその服装とも別れねばならぬ時分であった。）柄にもなく酒のないその店へ彼女を見るため、毎日通ったのである。その女は肌理《きめ》の細かそうな白い皮膚を持っていて、そういうのは通常豊かな肉附の上にあるものだけど、これは小柄でどうしても、固い感じを免れぬ瘦型の女であった。鼻が特徴的に秀でているのも、固い冷性の感じを増すのに役立ち、どちらかと云えば魅力に乏しい顔なのだが、松下は理智的美しさだと非難者から擁護した。そういう彼も、彼女が一体いくつなのか薩張り見当がつかぬ点では非難する側の学生と共通で、曇り日には十七か十八の小ささにも見えるのに、明るい光線が彼女の全体に注がれるときは二十五か六位にも充分観察でき、ちょっとしなびた感じだねという友人の誹謗《ひぼう》には松下も黙っていた。つまり彼もそれを認めざるを得なかったのであろうが、後に、いろいろ頭を悩ました思案の結果であろう、あれは処女の固さであって脂肪が乗らないのでああなんだと言い出し、それからというものは、非難者に対し彼は、まあ見てろ、今に俺があの肌に艶々した輝きをつけてみせるといきまいた。かくて到頭《とうとう》、彼は公休に彼女を映画に誘い出した。彼等は映画館に入る前にお茶を飲んだ。彼女は彼が想像していた様な無口で冷たいといった種類の女ではなく、紅茶の茶碗をカチリと音を立てて置くと、こんなことを言った。私十八の時に六三《ろくさん》というヘンな病気に罹ったのよ、両脚がきかなくなりますの、それでおまじないをして癒すんだっていう訳で、お母さんが私を四辻へつれて行って、杓子《しやくし》で私のお尻を叩き、そうしてお団子を棄てたら、そしたら癒りましたわ、面白いわね。——ヒェッと松下は眼を丸くし、俺はどうあってもこの女と結婚するぞと、この瞬間、今更ながら固く決心した。やがて彼女はその眼を悪戯子《いたずらつこ》のようにパチパチさせて言った。これは謎よ、お分りになって、紅茶のんでたら、なんだか急にお団子が食べたくなりましたの、おかしいわね、でも食べに行きません?——え、行きましょう、断じて行こう。こう云って松下はすぐと立ち上り、俺は断じてこの女を女房にすると心の中で叫んでいたのである。そこで団子を食べに行き、食べて了ったのであるが、丁度季節は冬のことであったから彼女は手袋をはめていて、さて映画を見ようと彼がいうと、彼女はその手袋をぬいだりはめたり、ぬいだりはめたりし出した。それが彼の注意を鋭く惹き、戸外に出た彼は忽ち言った。映画ナンテやめて、郊外でも散歩に行こう、ね? 彼女は諾否を別に口に出さず、そして肩を怒らせて足早に濶歩《かつぽ》し去った松下の背後に、爪先走りのような恰好で従ったのであるが、白い人絹の手袋が彼女の手にもはや安らかにおさまったところを見ると、彼女も即ち散歩の方を希望していたらしい。

その時、彼女は二十三であった。その時まで、譬《たと》えれば垣根から路に向って咲き出た花の様に、誰でも摘もうと思えば摘めるけど、又誰も摘まないという状態に彼女は有った。それはその花が全く美しくないからではなく、多少とも美しいことの為に、却ってそうだった。美しくない花なら、何気なく摘み棄てる手もあったろう。美しいと見ることは、それを摘むことが即ち盗むことであることを感じさせずにはおかない。そしてそれを敢えてする程の熱情を相手の心のうちに波立たせる、そのような要素はその美しさには欠けていた。それ故、その花は人の眼にとまりながらもそれ以上のことは無く松下という猪突的な男の現われる迄、内心は問わず外面は飽くまで穏かな開花を続けていたのである。非常に美しいか、醜いか、どっちかでない平凡な女性、それも外貌のみではなく、日本の旧道徳が女性を歪めた結果である。心の平凡さをも含めての、世の多くのそうした平凡な女性は、大体がこうした花なのではないか。結婚媒妁という花売人がそこで必要となってくるのだが、彼女は母と妹と三人で身寄りのない東京へ出て来て二階借りの生活であったから、花売人とは縁の遠いのも自然であった。そこで焦心があり、それがそうさせたのであろうか、常には淑《しと》やかに俯いている優容のうちに、一度触れば潑剌と動き出す可愛さ、——左様、男の心に庇護と愛撫の情を掻き立てずには置かない、多少滑稽ないとけなさを伴った昆虫的な可愛さを秘めている、ちょっと得難い女性の一人のように、彼女は彼女を松下の眼に映じさせた。

　彼は単身、彼女の母親のところへ乗り込んで行ったが、それは初対面の母親に結婚の許しを願うというより、彼女は当然彼のものであるときめ込んでの結婚の報告に近い態度であった事は、本節冒頭に於ける小関へ電話した彼の独り呑込みによって、容易に想像せられる所であろう。言うだけ言うと松下は、おばさん、水一杯ください、どうものどが乾く。前から馴染んでいるみたいな風であった。なんとまあ、ひと見知りをしない、――彼女の母親は年寄りの癖にまだ黒々として太いその眉をあげて呆れたけれど、図々しいという工合には考え及ばなかった。それは松下の人柄というより、松下の着ている帝国大学の制服のお蔭と見るのが至当であった。身内にそういう種類の男を持った経験のない、そして割方、気のいいこの老母は、学生さんというのはみんなこんなもんやろと思い、剛毅《ごうき》な気性をもった仲々のしっかり者という観察へそれが漸次移って行ったのは、帝国大学の学生というものに対する旧い迷信がそうさせたのであって、気のいい人間の持っている案外の狡さが、娘もなかなか悧巧者《りこうもの》だと頷かせた。忽ち二人は結婚という手順に続いて立ち至ったのであるが、それには彼女の彼への並々ならぬ打ち込みも与《あずか》って力があった。筆者は焦心と書いたけれど、遂には焦心だけではなかったのであった。相手の神経をまるで顧ようとせぬ松下の遣り口は、女の歓心を買うことばかり考えている女々しい喫茶店通いの学生のなかで確かに女を惹きつける異色があり、圧倒されひきずられることはとりもなおさず女性の喜びに他ならぬ。声あり、女性の上に愚かなの形容詞を附せよと。然りこのような愚かな小説を幸いにして読んで下さる賢明な女性読者、その恐らくは一人か二人かへの一応の礼儀として愚かな女性と書き改めよう。実際、筆者も松下の今は女房である彼女を、彼女がいればこそこうした文章も綴れるという彼女への感謝と親愛の情を今若し背後に押しやるならば、あんまり悧巧とは考えちゃあいない。――松下とマネキン、ま、なんとした映画的な取り合わせだろうと、小関が慨嘆した事情は本節のはじめに書いた。小関は、彼女が松下と結婚後、生活の必要に迫られてやむなくマネキンとなった事は知らず、松下がマネキン嬢そのものと恋愛し世帯を持ったという工合に考えたからそうした慨嘆があった次第であるが、彼女が松下に惚れたそのありようは矢張り多少とも映画的と見られるのを免れない。「都会のすれっからし女と山男とが恋愛をするという、頗る非現実的なアメリカ映画があったことを読者は覚えていられるだろうが、これは何とした映画的なことだろう」と筆者はさきに書いたが、彼女が松下に心惹かれたその蕊《ずい》は、それを抽象するならば、アメリカ映画と共通したものなのである。そうした映画的なことが現実的なことに成ったについては、松下が大学生であるという所からの将来の生活的安心が秘かに計算されたからであった。しかし、それは間もなく計算違いであったことが明らかにされた。当ると思って買った債券が当らなかった事情に、これは似ている。彼女を悧巧じゃないとするのは、けれど、この点ではない。絶対に当らないのではなく、債券である以上当ることにきまっている、しかしその債券が当らなかったといって、その債券を買った者を愚かなと云うことは出来ないだろう。罪は彼女になく大学生を債券みたいにした今日の時世にあると云わねばならぬし、彼女の愚かさは、多少とも映画的と見られるその惚れ方にひそむのであるが、こうした愚かさこそ現実では女を女たらしめる悲しい可愛さに他ならないのではないかとも筆者は考えている次第である。換言すれば、愚かな筆者などは余り悧巧な女には愛情が持てない！

松下はその学資を退役将校の伯父に仰いでいたが（彼は早く父を失っていた。）在学中に高文を通らぬことによって少々その機嫌を損ねていた伯父を、その同意なしに結婚したことによってすっかり怒らせて了った。（松下は法科でなく、経済へはいった事を夙に伯父に報じてあるにも拘らず、伯父はしっかり勉強して早く高文をパスせよと手紙を寄せ、松下は返事を出さなかった。そこで駄目なのかという照会が来ると、彼はいまいましそうな舌打ちをしながら、駄目でしたとだけ書いて送った。）卒業と共に、伯父からの送金はなくなって了い、そして職業もなかった。そこで下宿を引払って、就職するまで新妻をその母の所へ帰しておくことになったが、結果は彼も亦その狭い二階へ転げ込むことに成った。彼等、——即ち彼と彼女及び彼女の母は、彼女の妹が喫茶店で働いて得てくる全く僅かの金で食う始末に成り、これは彼女より老母をいたく失望させた。それも、今日の学士というものに対して幻を破られたのではなく、旧い迷信のこびりついて離れないこの年寄りは、松下を偽学士としか考えられず、どないしたもんやろと娘の手を取りその手を激しく振った。娘は就職の困難をこの哀れな母に説きあかし、あの人も（——と云って、娘はドギマギし松下さんと言い変えた。）職さえうまく見付かれば、そこは学士だから立派なものですと言い、そういうものかねえという半信半疑の返事でもそれを得るまでは大変に手間がかかった。松下も流石にあわてて、扨て摑んだのが前述の授職事業従事員という「立派」な職業であった。炊事道具まで持込んだ六畳間に四人寝起きする窮屈さから、彼は早速のがれて一軒借りた。母や妹も一緒にという彼女の望みであったが、そのことに気付かない為か、それとも気付いていてもそしらぬ風を装っているのか、一言も触れようとしない松下の、本箱を運ぶガッチリした肩に、彼女はうしろから小さい声で、ね——と言い、なんだい？　と彼の返事はそっけなく、彼女は取りつく島のない想いで、いいえ、なんでもないのと眼を伏せた。二人だけの家に、ほんとに久し振りに二人だけ顔を合せて坐ることのできたその夕刻、彼女は再びその望みを夫に打ちあけようとして、ねーと言った。それは思わぬ甘ったるい調子になったので、彼女は自分の狡さを肚のなかでクスクスと笑う時間をそこに置き、そして細い首を曲げて、帯の前に集めた両手の爪を見ながら、矢張りちょっと言い淀んでいた。それを夫はどう取ったのかしら、まだ電灯をともすに至らない黄昏どきの薄暗さのなかで白く浮いた妻の項を、のぞき込む様にして、じっと見詰めつつ、うん、よしよしと首を振った。その声のあやしさに、彼女は、つと畳に手をついて、夫がはや立ち上ってうしろの障子をしめにかかった、そのいかった肩付を見上げ、あら！　と言った。あら！　の声に、え？　といぶかる、そうした機敏な神経などは勿論ないこの夫は、夫の誤解をそれと知って、白い生毛の目立つ小さいその耳の先までも、瞬間羞恥の色で染め上げた妻に、その妻が自分の方から愛情を要求した（――と、彼は思い込んだ。）結婚以来はじめての経験にすっかり有頂天になってしまった声で言った。お前と二人きりでいる時間というものを、考えてみると、随分ながい間持たないでいたね。――脈打つ愛情のため震えを帯びたその声は、それを聞いた瞬間は、あら、あたし、そんなはしたない気持でいたんじゃないの、あたしは……と、たとえ一言二言でも弁解しなくてはと居住いを正すような感じであった彼女を、――彼女の全身を、次の瞬間にはたちまち痺《しび》れさせる力をそれは持っていて、やがて切ない甘さが彼女の身をも心をも、ずるずると崩れさせた。そして、それにも拘らず、さて夫の手が荒々しく彼女をとらえようとすると、彼女はパッと立ち上り身をひるがえして部屋の隅に逃れ、その小柄な身体をいよいよ縮めるようにしながら、こうした場合の夫の耳には聞きとり難い小声で、なにか云ったが、それは夫を避ける意味での振舞なのではなくて、彼が殊にその点を好んでいる、彼女の昆虫的な可愛さを、これ亦表現するところの愛のたわむれと見ねばならない。

母をひきとることをこうして彼女はなんだかんだでいいそびれてしまったが、それには彼女の弱さにも増して、彼女の夫の日常において、彼女の意向などちっとも頭に入れない強さが大きな理由であった。且彼はたとえ彼女が手を合せて頼んだところで到底うんとは言わなかっただろう。そう考えることの正当な証拠として、彼は彼女がその話を持ちかけてきた時、それを拒絶する理由をちゃんと胸のうちに用意していたのであって、それはなにかというと、自分は輝けるマルクス主義者である、自分は大学にいた時分、実行運動に従っている同志を養い、かくまう等恐るべき危険に身をさらしていた、女房よ、こわがることはない、今はお前にそんな心配をかけたくない気持からマルクス主義を思想として信奉しているだけであって実践的に出ることは残念ながら――そうだ、実に残念ながら差し控えている有様である、でもいつなん時追われた同志がこの家に救いを求めてくるか分らない、そんな時自分は我が身を棄てても同志をかくまわねばならない、(ここで彼は面を挙げ、遠く理想の棲《す》むようなかなたを憧れ見詰めるごとき眼つきをせねばならぬ。)お前の母親をひきとるのはいいが、そういう場合、何も知らない母親から秘密が洩れる恐れがある、同志を見殺しにするということがどうしてこの自分に出来よう、大義親《しん》を殺すということがある、母親を取るか、同志を取るか、答えは明瞭である。――松下のほんとを知っている人が傍で聞いたならば、失笑を抑えるのに大層苦しんだに違いない、こんな大言壮語で浅墓な女心を煙にまく積りで彼はおったが、彼はそうした機会に出会わなかったし、又所謂同志が秘かに戸を叩く場合もとんと来なかった。彼の法螺《ほら》の何割かは学生時分のことに関する限りでは、既にその真相は前節で紹介済みの如く、まあ事実としても宜しいであろうが、救いを求めて云々は、こいつはうそッぱちだ。彼等は訪ねようにも、彼の家は彼等にはひた隠しにされていたのであって、彼は、彼等の一人に会って、よオ、どこにいるときかれると、――そのどす黝い唇を歪めて答えず、彼がもぐって仕事をしていようとは勿論期待できない、それはちゃんと見抜いている相手がなおも迫って来ると、彼は――俺の家はほかの線で使っている、言ってもいいけど(と思案顔を傾けて)まあ言わんでいいだろう。

偽りであるために、彼の毛虫のような濃い眉はいよいよ昂然とあげられ、この要領を以ってして次々に彼等を避けたのは、当時既に当局の追及が峻厳《しゅんげん》を極め、虚栄のような感情ではついて行けないほどになっていたからであった。なお、彼等のうちには彼によって避けられるどころか、彼のあぶなさを見て彼等の方で彼を避ける向きもあった。——この義母を背負い込む損を回避するため心中秘かに用意された万一の口実は、女房をNマネキン・クラブに売り込む時にも使用された。

Nマネキン・クラブは、これはすこしく筆を費すに足る、面白い組織で、クラブ員全体がその経営を自主的に行っていた。それには次のような歴史があった。マネキンがまだ珍しいものとされていた時分、マネキン倶楽部は日本にひとつしか無かったが、美容術を本職としていたその経営者があんまりあたまをはねすぎるというんで、マネキンがストライキをやった、当時新聞紙上に、物言わぬマネキン嬢が断然ものを言った云々（当時のマネキンはその名の示す如く、人間が人形《マネキン》のかわりをやるに過ぎないもので、口はきかず、ただしなしなと身体を動かすだけであった。）と好奇的に喧伝《けんでん》された事件は、読者の記憶に残っている事であろう。思えば思想的昂揚の頂上にあった当時だったからして、彼女等はその事務所の壁に、搾取反対等々のスローガンを肉太の字で墨くろぐろと書いた大きなビラを張りめぐらし、さながら工場労働者の争議そのままの風景を新聞紙上の写真に映し出していたことを読者は覚えているだろう。Nマネキン・クラブはとりもなおさず、この争議の結果、搾取者の手を離れ、自主的なクラブを作ろうというんで彼女等が創めたもので、争議委員長駒沢麗子がその儘クラブの経営委員長になった。そして麗子の夫というのが帝大新人会員で、卒業後、N県の農民組合で活躍し三・一五に連坐した――と書くと、かのマネキン騒動の左翼戦術に貫かれて整然たるものがあった訳が頷かれるであろう。Nマネキン・クラブには、したがって、その夫が多少とも左翼的な仕事に従っていて、妻の自分がマネキンに成ってその生計を支えているといった女が多く、それは経営上不利な事実に違いなかったから、隠せるだけ隠しはしたものの、又そういうことは次から次へとゴシップ的興味で伝わって行って、隠せば余計あらわれる理《ことわり》であった。マネキン・クラブが広い東京にひとつかふたつというのならいざ知らず、マネキン騒動で内幕がぱっとなるとぼろい商売だというので、あっちにもこっちにも簇生《ぞくせい》した、その激しい競争のなかで、しかもNマネキンの奴は亭主は勿論、御本尊も赤いそうだという風評に抗して、堂々と営業をつづけて行ったのは異とするに足る。搾取者のない自主的経営、これは他の商売でも当時各方面ではじめられたのであったが、二三年たたないうちに、大旨《おおむね》崩壊し去った、そのなかでNマネキン・クラブだけは今日まで立派にやっているのは、マネキン商売というものの勿論他の企業などと比較すべくもない、チャチな特殊性によること言うを俟たないけれど、創立当時の駒沢麗子の必死も買わなくてはなるまい。その麗子は現在では、別のマネキン・クラブを自ら経営している。即ち、「搾取」反対の張本人の彼女が今度は「搾取者」になったのだが、そのきっかけは彼女がクラブを我がものにしようとして、却ってNマネキン・クラブから除名された為であった。飼犬に手を嚙まれたとはこのことね、と言った彼女の言葉によっても容易に察することの出来る彼女の変化は、ひとつは、前述の夫がその後保釈出獄して無為徒食の状態で家にごろごろしている一方、彼女の母親が故郷をひきはらい弟妹を連れて家にはいり込んで来、その弟は田舎の中学から東京の上の学校へ進んだので学資の面倒をみねばならず、あれやこれやの負担の加重のためだった。クラブ員であるマネキン達の稼ぎの二割は、これをクラブにおさめ、その中から、銀座裏の小さなビルディングの二階を借りている事務所の部屋代や事務の少女の給料、それに麗子の月給百円を払いあとは積立て、それの大分になっている積立金は麗子が保管していた。マネキン達はデパートの売場に立って商品の宣伝に従うのを大半の仕事としているが、（ここで一言。——マネキンは最初、もの言わぬ人形であったと先に書いたが、間もなくそれはペラペラと商品の広告をまくし立てねばならぬよう要求せられ、やがては宣伝だけでなく同時にその商品を売り捌《さば》く仕事も追加せられた。眉目形《みめかたち》好いのは言うまでもなく、それに弁舌も爽やかでなくてはならぬが、それにもまして一層売上高の多いものほど、すぐれたマネキンと言われるようになった。この移り行きに関し、若しや諸君にして、ながくマネキンをやっている女に、この頃はどう？　とでも尋ねる機会を持つならば、諸君はきっと次のような答えを得るに違いない。マネキンも随分堕落したもんねエ！）そのマネキン代を払うのはデパートでなく商品をデパートに置いて貰っている問屋であり、その支払いは月末であった。だからマネキン達は積立金からの前借を月半ばになると時々必要としたが、ある日、それが麗子によって拒絶された。そんなこと言わないで貸してよ、困るんだから。――駄目、今月は前借がとても多くて、これ以上出したら大変だわ。――大変ということ無いじゃないの、月末には返せるんだから。――駄目！――チェッ、自分の金じゃあるまいし、あたし達の金なんだから借りる権利があってよ！――そういうものの言い方をするんだったら、こっちだって言うわ、クラブ経営の全責任を負っているのはあたしですからね、その責任上、絶対に我儘は許せないことよ。――我儘じゃないじゃないの。――無い金を出せッっていうのは我儘です。麗子は顳顬《こめかみ》のあたりをピリリと動かした。――無い金？……美しいのが怒ると一層美しくなる、そういった種類の顔を持った相手の女は、通帳をじゃあ見せろ、と攻め寄せたが、麗子は極めて冷静な態度で、通帳は家に置いて来たと言い、すッと不浄に立った。麗子はつまらないことでよく癇《かん》を立て、口争いの末は泣き出したりする始末に、少々ヒステリー気味という評判を立てているけれど、急所となると男にも珍しい沈着を自分のものとすることの出来る女であった。クラブ員に秘して積立金を大分消費した事実が、こりゃ、ひょっとするとあらわれるかもしれない。そういう切羽詰った所へ行くと、彼女は糞落ち着きに落ち着いて来、いっそ高飛車に出て、この際クラブを自分一箇の手に収めて了おう、こう考えが恐ろしい程すっきりした歩みで進んで行った。誰がなんといったって、このクラブはあたしが今日まで育て上げたものだ、そしてそのあたしがクラブから貰うものといったらたった百円、とても世帯ははって行けない、よし！――そこで彼女は翌日の委員会に次のように言った。今の組織はこの儘続けて行ったら無統制の為に早晩自滅するんではないだろうか、この世の中で商売をしてゆく上はやっぱり誰かガッチリと（――こういう男のような言葉使いはクラブでは既に耳慣れていた。）締めて行くものが必要なのではないかと、最近私は考え出した、この儘で行って潰れたのではお互に損ですものねえ。――居並ぶマネキン達のドーラン化粧を施したてかてかした顔々が混乱のため一層のどぎつさを加えて、右に左に激しく揺れた。そのなかでただひとつ凝乎《ぎょうこ》として動かない麗子の顔は、このあれよあれよという動揺のうちに、一挙に事を運んでしまわんものと、彫塑のように固く蒼褪めた冷酷さであったが、満座の紅唇のなかでこれ又紅を施してないただひとつのものであった彼女の唇は、その唇を持っているおのが顔の冷然さにみずから歯向って行くごとき、まことに火を吐かんばかりの勢いであった。が、――マネキン達は、さすがは、世の常の女どもとは少々種類のちがった女たちであった。ちょっと質問！――こういう声があると、忽ち波のひいたように、座はすーッと静かに成り、その静かさは次の瞬間、多勢に無勢でとてもかなわない大きな怒濤《どとう》が麗子の頭にどッと襲いかかってくることを暗示する不気味さを忽ち孕《はら》んだのである。駒沢さんは只今この儘では自滅する、とおっしゃいましたが、それはどういう根拠があってそのように言われるのですか。彼女等は多少とも左翼的な仕事に従っているその夫婦の日常つかっている言葉ばかりでなく、夫の擬態をも、それぞれクラブのなかに持ち込んでいたので、このような左翼張りの考え方、言葉はごく普通に行われていた。脂粉をこらした窈《よう》窕《ちょう》たる美人がひとたび口を開けば、男のような気張った言辞を弄するぎこちなさ、――それを嘗って指摘した左翼ファンである某デパートの宣伝部員に、彼女のひとりは、それはあんたのプチブル性のせいですと柳眉《りゅうび》を逆立ててきめつけ、宣伝部員も成程そう言われれば……と、へこんでしまったが、これは彼の感じがほんとなのであった。彼女等は彼女等が弄する左翼的言辞にふさわしい生活をみずから持っている訳ではなく、夫からの借りものであるから、その不自然さはむしろ当然であり、そしてその不自然さの故に、彼女等はお互いに相手の不自然さを自然と感ずるように成っていた。それは丁度、狂人ばかりの所では、狂わない人間が却って狂人のように考えられ出すのと同じである。このような、実にぎこちないが然し彼女等の間ではそれ故却って自然であるところの言葉が、その夜、大層激した調子で取りかわされ、とどのつまりは駒沢麗子の除名と成ったのだった。この大胆な処置は、彼女等のギリギリの気持から発したというより、むしろ、彼女等の言葉使いの、五のところを十にまで表現し意味してしまうその険しい魔力に酔わされた結果と見られた。その席上、隅にあって、そうした険しい空気のなかで始終ニコニコしている小柄な女がいたが、これが松下の女房であった。この時、彼女はマネキンになって既に数ヶ月であったが、彼女がそういう場所に顔をつらねるようになった次第を、一応書かねばならない。

麗子の夫が所謂犠牲者であるということは、彼と別段面識はなかった松下も、人づてに聞き知っていた。松下は、その男の仕事、性質など問題でなく、だからそれに就いては一向知ろうと欲せず、犠牲者であるというただそのことだけでもう充分な、感激的な尊敬を彼に払っていたのだったが、一朝、彼が今はもうすっかり駄目になり女房を働かして取った金で放縦懶惰《ほうじゅうらんだ》な日々を送っているという悪評を聞くと、いままでの盲目的な感情を丁度逆にした程度の、独り合点の軽蔑を忽ち彼の上に浴せた。そういう感情的な好悪のうちに自分自身なんにもしない癖に、松下は自らを左翼に任じてよろしい理由を見出していた様である。そして松下は、Nマネキンに麗子が、左翼の仕事に従っている夫をもった女を、クラブ員として特に採っているのを、これは麗子の夫の堕落をば同志の眼から隠しごまかそうとする彼等夫妻の策略であるという風に見たのである。そこで、策略に対するには策略を以ってすべしという考えで、松下は自分は実は仕事をしているというような顔をして麗子の前に現れた。女房を是非たのみたいのだが……。松下は重厚を気取った口調でこう言うと、ロイド眼鏡に手をやったが、その節々のまるで労働者のように太い点、その顔の飽くまで黒く獰猛な感じなど、口の端にちょいちょいと匂わせた、非合法の仕事をしていることを事実のように麗子に思い込ませるのに大層役立った。しかし、この策略の効果は、松下が思いこんでいたように、松下にとって有利なものでは決してなかった。というのは、麗子は実は、そうした人物の女房はなるべく敬遠したい心になっていた。クラブを小さいながらも階級戦の兵站部《へいたんぶ》にしようといった覚悟は、夫が入獄中は彼女も抱いていたところであったが、出獄後の彼の転向に伴った彼女への影響、世相の変化、世帯の苦しさ等々は彼女に夢破れた感じを持たせた。商売、商売と彼女は言い出した。やくざな亭主を持った女房の処世の巧みさを彼女も亦漸く具《そな》えて来て、ゆくゆくは今のうるさ型を一掃し、独身でしかも若くぽちゃぽちゃした女だけにしたい肚なのである。そこで麗子は、では一応お会いしてと、心の中では、会って断るつもりでそう言い、松下の当ては、だから、見事外れた次第なのだが、それにも拘らず、女房を彼の意図どおりのマネキンにし得たのは、おとなしい彼女が麗子に与えた好感にほかならなかった。けれど松下自身は自分の策略がマンマと効を奏したとしか考えてない。いずれ女房を明日こっちへよこしてみますから宜しくと言うと、彼は腕時計に眼を落とし、おや、急がんといかんと、黒いソフトを無雑作につかみ、大股で部屋を出て行った要領は、連絡の時間に次から次へと縛られている身体のようであったが、その実、彼は悠然と銀ブラに出、女房が稼げばもう大丈夫とおもうと、その夜、ビア・ホールでしたたか酔払ったのだった。

彼女がマネキンになったのは、右のごとく松下の計らいになるのであったが、初めはいやがっていた彼女も、さて成ったとなると、そうして稼いだ金の幾分を母親へ送ろうとおもい、一生懸命であった。問屋で渡された宣伝文を家に帰ってから、彼女は声を出して読み上げ、眼をつぶって、えーと、それから……などと子供のような調子で暗誦《あんしょう》した。そして次には鏡に向って、あれこれと顔の表情の研究をするのだが、左様にものごとに対して真剣に取りくんで行く彼女の態度は松下の胸を衝かずにいなかった。彼は努力するに値しないケチな仕事に自分の精力を費すのは、他日大いに為すあらんとする大望を抱いている自分を、みずから侮辱するに他ならないという工合の考えで、結局のらくらとその日その日を送る懶惰癖をその身につけて行ったのだが、それがそうした女房に刺戟せられ、俺もひとつ頑張ろう、そう思い立つと、鏡にいろいろな顔を映している女房のうしろで、オイチニ、オイチニと力を籠めて体操をはじめ、安普請の根太板《ねだいた》がギイギイと鳴った。まあ、いやだわ、どうしたの。——畜生、俺はやるぞ、俺は出世するぞ。——まあ、ヘンね、おかしな人。そして彼は「授職事業」従業員というのから足を洗い、友人先輩の間を駈け廻って、やっとつかんだのが、保険外交員というこれ亦一向に香《かんば》しからぬ職業なのであった。

第八節

場面は前節と同じ。すなわち、松下と小関とが「ひさご」で飲んでいるのだが、但し、筆者の我儘なペンが松下の身辺を漂うていた間に、その時間は松下をことごとく酩酊させてしまった。そしてその酩酊は松下からその虚飾をすっかり払い落した。酔えば酔う程大言壮語を弄する舌のいよいよ滑らかさを加えずにはいない彼の習慣としては誠に珍しいこの現象は、小関のいかにも屈託した顔を前にしていた為であろう。あーあーあ、と松下は溜息するごとに、やりきれないという風に頭を左右に振り、保険の外交に成るために、苦心惨憺《くしんさんたん》、大学を出ようとは……あ、なんとねえ。冗談口の巧みでない彼が、篠原のこれは口癖で、或はその真似なのだろうが、あ、なんとねえと再びおどけて言った、その、他人《ひと》に与える効果は逆に哀しいものであったろう。試役、書記補、それから書記、主事補、それから主事……と、今でこそ外交とあからさまに、しかも多分の自嘲を籠めて言った、所謂外勤の職制を彼は披露し、――いつになったら、この嶮《けわ》しい階段をのぼって主事になれることやら、多分、頭に白髪ができる頃にならなきゃ駄目だろう、ワッハッハッ。笑いだけは豪傑笑いであったが、それをふッと、たとえば線香花火の火玉が落ちるとどっと迫って来る闇は実に深い闇である所のあの感じで、頬から消すと、おい、酒くれとやけな声で叫び、それを追って、何本飲んだと言う声は小さかった。そしてこの小声は、小声ながら、ともするとソッポを向うとする小関の衿髪《えりがみ》を引つかんで松下の面前にグッと据えさせたようなものだった。小関の知っているもとの松下は、飲んでいる最中は何本飲んでいるか頭にない松下であった。惨めさには人一倍、不必要にまで敏感である小関は、おもわず顳顬《こめかみ》がジーンとなる想いで、長さん——と親愛の情を一生懸命こめて、そう呼びかけ、元気出そうぜ、ねえ、君みたいな人物がいつまでも保険の外交でもないじゃないか、時利あらずさ、腰掛けのつもりで、悠々と機を待てばいいよ。

勿論さ！　松下はそう叫ぶと、小関の二倍もあろうと思われる逞しく黒い握りこぶしを卓の前にドンと置き、扨てしばらくは、獲ものを前にした猛獣みたいな眼付で小関をギュッと見据えていたが、小関の言葉はどうやら小関の予期しなかった結果を松下のうちに齎《もた》らしたらしい。俺が君、白髪の生えるまで保険屋をやってるとでも、君は本気に考えてるんかい、ワッハッハッ、俺がそんな男だと君は思ってるのかい、ワッハッハッハッ……この笑いは、小関の肉体に嚙みついてくるようなものを含んでいて、嚙みつくと言えば、それは丁度、手負いの猛獣をいたわるつもりで、傷口に手をやりガッと嚙みつかれたと同じ按排である。小関は不意の苦痛のため、あれこれのいらえも出来ず、ただ何んとも名状し難い表情をその顔に種々と浮べている有様だ。笑いやむと、松下は縁の太いロイド眼鏡を外して卓の上に置き、かたえの小関は、多少酒乱のうわさあるこの獰猛な男が、さア、表へ出ろとでも言うんではないかと、ほんとにハッとして身体をひき、靴を卓下の渡しから踏みはずした為、胸を思いきり卓でドンとついてしまった。酔払ってるな、松下の声はおだやかで、おばさん、手拭貸してくれ、流しはどこだい。小関顔に脂が出ると気持が悪くて仕方がないと言い、一日に何度も顔を洗う彼のヘンな癖は、小関も夙に知っていた。小関はその華奢《きやしや》な手で胸を揉みながら、案外にたしかな足どりで歩いてゆく松下のうしろ姿を見送っていた。そしてその儘の向きで首をおろし、狙って落すみたいな慎重さで唾をなんとなくポトリと吐き、吐くとあわてて靴裏でそいつを床にゴシゴシとこすった。客は依然として彼等だけであった。隣りはなんの商売か、甲高い女の嬌笑が、恐らく板の間に紙をはっただけらしい壁を通して実に生々しくきこえて来たが、それ程に、松下の去ったそのあとはシーンとし、それに堪えられぬように小関は、笑顔とは受けとれない歪んだ顔をおかみに見せた。おかみも亦、彼女の不愉快に出張った頬骨やギョロギョロした大きな眼玉等を以ってしては到底まともな笑顔などは作りえない、そうした笑顔を彼に返した。

そうだ、思い出した。顔を洗った松下がカーテンを排して言った。それは矢張り酔払った調子に違いなかった。今日、エレベーターに乗ってながら、ふっと感じたんだが——彼は、言おうとすることを酔いの為しっかり握っていることの出来ないあせりで、卓にあたふたと駈け寄ったが、いざとなると、託すべき言葉が縺れて出てこない様子で、徒らに舌を鳴らしていた。忽ち彼は滯《こぼ》れた酒に指をしたし、尚あせっては唾をも補いにしつつ、左のような図を逸早く卓の上に描いたのだった。

こうして置けばもう大丈夫といった顔で、先ず一杯、盃を傾けたが、生来、口下手の彼には物事をこのように造型的につかむ才能を天は補ってくれていたらしい。ついで彼の言ったところを筆者が代って説明するならば、年代の進行を仮りにエレベーターのごとき上昇と見る。図の空白《ブランク》の個所が我々の年代で、すなわち、我々の年代は空白であるというのが彼の説であった。彼は大学は経済であったが、それは法科にはいるには入学試験を二三年受けねばならないだろう恐れから、やむなく受験者のすくない経済科を選んだ事情にあったのであって、彼ほどに「法科的」な考えにとらわれたものが、法科の学生にもいるかどうか疑わしかった。「法科的」というのは、その考えの持主が学生から社会人に成長すると、「官僚的」とその名の変る所のあの思想である。それは、官吏こそ人間の仕事のうちで最も高い選ばれたものであるとする見解がそのあらゆる考え方の根本をなしているもので、これは今日、数多の入学志願者に打ち勝った、自分は選ばれた学生であるという誇りと真直に連絡するものである。というのは、今日の官吏崇拝熱は、到底昔日の俤をとどめず前記のような見解は以前は、すなわち一般的といおうか、民衆ことごとくの頭のどこかにひそんでいた事情が今日では全く姿を消している、それ

にも拘らず、その見解は官吏から決して去らないからである。松下が、退職将校の伯父の鬚になどおびやかされないで、若し名もない私立の学校にでもはいっていたら、彼のあの考えはなかったろう。あの考えはその入学の困難さが日本一とされている高等学校の入学試験にうまく合格した、その時彼のうちに萌芽をもった。自分は選ばれた勝利者だと彼は新しい学生服の胸をふくらませ、そしてその学校を出たものの殆んど大部分が官界に活躍している事実を見た彼が、その幼い心に、官界こそ勝利者の世界であるという観念を、牢固《ろうこ》として抜くことの出来ない深さに於いて、刻み込まれたのは自然であった。その後、彼の心には左翼思想やなにやかが浸潤してきたけれども、これが丁度単純な女が初めてその肉体を捧げた男性をいつまでも忘れ難いのと同じ愚直さで、後から来たものは所詮それを根こそぎ洗い去る力を単純な彼に作用しなかった。そして彼をも亦一部の学生同様官界への所謂出世を嘗つては軽蔑させたところの、左翼的な考え方の波がひいた現在となると、彼のその考えは洪水の後みたいなぶざまな恰好で表にあらわれ、さらされた。彼と同期で、まともに官界に出たものは今では、たとえばM—がS—県の特高課長であることは、第五節のはじめに書いた。それを聞いて、彼が明瞭に長大息し、わしら考えんといかんわいと猪首を傾けたことをそこで書いた。斯様に、彼はそうした彼等の栄達を身にしみて羨望するにつけても、チェッ、奴等がなんだと、もともと怒ったその肩を更に怒らせずにはおれなかった。彼等の栄達は、彼等の前の年代の人々の場合は、頭のいい勝利者のみの占めることのできたものだ。——と、彼は考える、——ところで、今はどうか。

今の年代のもので、多少とも頭のいい者は、その頭のよさが彼に左翼的洗礼を受けさせずにおかない者はなかった。そしてつまずいてしまったが、つまずかないで行けたものは、つまりつまずけない馬鹿ばかりだ。その馬鹿どもが、嘗ては悧巧者中の悧巧者しか占め得なかった地位を、ただ年代の進行のおかげで占めている。チェッ、ばかばかしいッたらありゃあしないと彼はヤケな顔付をするのだが、さきに、ぶざまな恰好で云々と書いたのはこの事である。——即ち、彼が我々の年代は空白だというのは、以上の意味である。これがそのまま進行して……と、彼は卓上の図を小関に示しつつ言った。……我々の年代が社会を背負って立つ、そうした年齢に我々が成ったら、一体どうなるんだ、え、小関、どうなるんだ。松下は酔眼を空に見据えた。空白がこう上に昇ってくんだ。エレベーターみたいにとめることはできない、どうあっても空白である以上は空白として上って行くんだ、ヒェッ、面白いなア、面白くッてこたえられねえ、そして松下は身体をうしろにのけぞらして笑い出した。それは笑っている恰好だから笑いと取らなくてはならないが見る人に奇異の眼を見張らせる、全く、はらわたを抉《えぐ》り出すみたいな笑い声であった。

戸が開き、客がはいってきた。すると、松下が言った例の篠原の手を出しているここの娘が、もうそろそろ家へ帰ってくる時刻であるらしい。

その夜おそく、銀座裏の酒場メーデルの前の通りをウロウロしている小関の姿が見られた。

もう朝夕は充分涼しい季節になっていて、漸く色の冴えようとする秋に近い月が角のビルディングのすぐ上にあった。折から尾張町の建物の頂上にある有名な大時計がボンボンと十二打つのが、夜空を渡ってここまで響いてきた。さて、と小関が心のうちで秘かにした筈の用意の声が、唇にまで溢れ、彼はそこからメーデルの店先が見える暗い物蔭にソソクサと姿を消し片眼を出してうかがった。すると昼は珍しい犬が、どこからともなく彼の前に姿を現わし、そして街路の真中にわがもの顔で悠然と立ちどまると、あやしい小関の様子に遠くから、じっとそのギラギラと光る眼を注ぎ、いつまでもその儘でいた。心穏かでない小関は、その不気味な犬を嚇す目的で、小石をそやつに投げつける恰好をして見せ、その瞬間、犬はひるむ様子を見せたが、それも、どうせ空嚇しだろうと、たかを括《くく》った風であって、小石もなにも飛んで来ないと分ると、のっそりのっそり小関を睨んだ儘、まっすぐ彼にむかって近付いて来、よし、そばに来て見ろ、蹴飛ばしてやると小関が唇を噛むと、そこで、それをちゃんと見抜いたかのように、ぴたりと立ちどまり、立ちどまった儘の姿勢でクスンともいわず小関を睨みつづけた。酔っても去らない彼の劣弱感は、犬の畜生までが俺をバカにしやがると、憤りより先に悲しい気持を見るみる彼のうちに漲らし、そうなると、秋子をこうして待ち伏せる気力も体力も萎えてしまって、首を垂れ、その場を去ろうとして、――見ると、犬は二疋になっていた。や、と眼を据えたが、それは酔いの錯覚ではなく、前のよりやや身体の小さい斑犬《ぶちいぬ》が、一体いつの間に出てきたのだろう、前の犬に寄りそうようにして、こいつも亦、小関を小馬鹿にしたような不敵な面付で、じっと見上げている。小関は夜の目にもしるく、太い溜息で肩を上下させると、あらためて眼を据え、生意気な二疋の犬と睨めっくらをはじめた。然しこの姿勢を小関はながく続けることができなかった。彼は眩暈と吐き気とをあわせたような感じに押し潰されて、へタへタとしゃがみ込み眼をつぶったのである。しばらく、そうしていて、今は前のような熱っぽさを失った眼で、なにげなくメーデルの方を見ると、既に店先の、メーデルと欧文で書かれた看板は、電気が消されていた。彼は衝かれたように立ち上り、すると二疋の犬は、知らぬ間に黙って歩み寄っていたものと見え、彼のすぐ足許からヘンな叫びを挙げ、彼も驚かされて、ヒェッと叫び、犬はすっかり逃げて行った。そのヒェッをまるで合図にしたみたいに、彼も蹌踉と物蔭から姿をあらわし、メーデルの方へ歩んで行った。近づくに従い、店のなかで酔払った客がなにやら叫んでいる声が、今は全身が耳に成ってしまった彼を刺し、そのズキズキとくる痛みの如きものに背骨でも衝かれるみたいに、いけない、もっとゆっくり、そう思いながら、その足はトットと早くなった。そううまくは、秋子は姿をあらわさず、メーデルの前を彼はとうに行き過ぎ、従って足もやや緩やかになった彼を、息詰る照れ臭さから、そういう場合の大概の彼のように、その儘、心ならずも帰ってしまうことから辛うじてまぬがれさせたものは、彼がたしかに聴いたと信じた、秋子が酔払った客の恐らくは搦み付く手をのがれながら云っているらしい、大丈夫、あとからきっと行くから先へ行ってて……ねえ、駄目、という声であった。今、眼の前に山が崩れてきたとしてもエイ糞と彼は大手を拡げたろう、そんなヤケクソな気持で、どうあっても秋子に会わねば、と彼は片足に力を入れ、エイと踏みおろすと、廻れ右をした。そしてイチニ、イチニと心の中で号令をかけながら再びメーデルの方へ四五歩進んだ時、店の前の街路にパッと店内の光りが溢れ、その中へ乱酔した二人の男が縺れながら現れた。彼の足は忽ち竦んでしまい、そして一人の男が店へ手をのばした儘で、なんだか喚きながら手を引張っている、その手のさきにいるのは、他ならぬ秋子だと気がつくと、彼はパッと反射的に身体を返し、すぐ横町にのがれ、もう一目散に駈け去った。

息切れがして彼は立ちどまり、ゼーゼーと咽喉を鳴らしながら、この馬鹿め、――ハイと彼は自ら答え、身体をシャンとさせた。そして眼をつぶってという感じで、再び来た道へ足を戻した。戻してみると、しまった！　という感じに今更ながら襲われ、彼は再び駈け足に近い状態になったが、見ると、前の四辻に縺れている人影の、ひとつの小さいのは確かに秋子である。彼は腹に力を入れ、前後不覚に酩酊したみたいな風を装いつつ、そして装ってみると、それは装いでなく事実であるようなフラフラした頭を感じて今度は臆せず近付いて行った。車に乗ろうと酔客は言い、そんな遠くへ行くなら、あたし帰ると秋子が拒んでいる、その秋子の声がはっきり聞きとれる距離まで、はや彼は近付き、彼は眼を道路に落した儘、もつれる足を無理に出し、秋子が彼を呼び掛けるのを今や遅しと待ち構えていた。あら、小関さんじゃない。幸い、秋子はすぐと小関を認めたのだが、小関にはその間が滅法長く、もう堪えられないという所まで行ったみたいに感じられた。小関はわざと聞えない振りをし、彼女はオゼキサーンとふたたび叫んだ。それは丁度、第一節にも書いた様な、彼がながく夢見ていた所の鼻にかかった甘ったれ声、そいつに寸分違わぬと聞き取られ、ブルルと身体も震えたようである。やあ！　秋子さん。小関さん、どうしたの、こんな遅く。彼女はすぐと小関の傍に走り寄り、その肩に手をやらんばかりであった。そう言うだろうとかねて幾度も口の中で練習しておいた返事が、いざと成ると、しかも余りにも身近かに彼女を感じ複雑なその匂いまでが彼の鼻を衝き上げる今と成っては、その片言さえ頭にこない。勿論、彼女は彼の答えなど待たない風ですぐ言った。篠原、一緒じゃないの？——篠原？　い、いえ、ぼ、ぼく独り。——あ、そう。そして彼女はニッコリと笑ってみせ、笑った顔の顎を、眼は小関に注いだまま、生意気な風にぐっと引いたが、それを小関は——いやなオゼキサーン、あたしを待ち伏せしてたの？　と言っているものと見、小関はなんとなく其処らをぐるぐると歩き廻った。実は秋子は、篠原の名を出し、その勝気から照れた、それは仕草なのである。おーい、まだかい。酔客が自動車の扉に手を掛け、地団太を踏むような恰好をした。秋子は先ずひとつ独り頷きをすると、そこに立った儘、あたし、お友達に会ったから、失礼しますわと言い相手の機先を制すべく、バイバイと右手を振った。そして、躊躇する小関の腕に小さい腕を通し、グングンと引張って行った。僕は失礼します、悪いですよ。愚図つく小関を、秋子は、うるさいわね、黙ってらっしゃいと抑えた声で叱りつけ、小関は怒号する酔客の恰好をその背中にはっきり感じながら、秋子のなす儘に今はまかせ、しかし、二三間行くと、今度は小関の足の方が早く成り、小さい秋子を引攫《ひきさら》うみたいな有様に変った。国民新聞前の電車通りまでこうしてフーフー言って来て、ああくたびれたと腕を離すと二人の眼は自然と会い、どちらからともないといった笑い声を挙げたが、丁度そこへ自動車が車体を寄せて来るのを見ると、ハイヒールも軽やかに、ちょこちょこ走り寄った。小関は半分はまだ笑いがとまらない状態のなかで、本能的に蟇口を入れたポケットに手をあてたが、その時は、もう秋子が慣れた手つきで扉をあけ、小関さんと言った。

歓喜のあまり小関の口がきけないのは、それはいいとして、不断、割方饒舌な秋子が車に乗ると、ついさっきの哄笑はどこへやら、すっかり黙りこくっているのは頗る小関の気になった。秋子はその修練された敏感さで小関が自分に大変惚れてしまっていることを知っていて、それと同じ敏感さで篠原の心がはや頓に自分から去ろうとしているのを、小関を傍に置くと何故か犇々《ひしひし》と感じられてくるのだ。酒場《みせ》で彼女に言い寄る男は種々といたけれど、彼女は彼女特有の小生意気な口調で、まあこわいみたいね、なんどと言ってはぐらかしたり、又は、女の心ッて御存知？　と即ち第三節に於いて紹介された例の口癖を出し、女ってものは惚れたら男の負け、惚れさせなきゃ駄目よ、女の心ッてのは自分に惚れてる男には惚れないで、自分が……と、危く篠原に触れそうに成っても、それでも、この様に切実に篠原の事が心にくる事はない。自分に惚れてる男のなかで、何故、この小関だけがこの様に、自分の眼を篠原の心に疑り深く注がせるようにするのだろう。——小関さん、この頃あんた、篠原に会って？　秋子は前を向いた儘、そう言うと、鼻をクスンと鳴らした。——ここしばらく会いませんが。——そう、秋子は軽く頷くと又もとの沈黙にはいって行った。篠原は一体、私に惚れているのかしら、惚れてないといえば惚れてないようだし、惚れているといえば惚れているようだ。最初は——（即ち篠原が秋子を得た最初の経緯は第四節で既に述べた通りだが）——あたしも惚れてないかわりに篠原もあたしに惚れてはいなかった。では今のあたしは——惚れているといえば惚れているようだし惚れていないといわれれば惚れてないようだ。——これは秋子と篠原と、同じようであって然し、惚れてないという言葉が篠原の場合はさきで、——即ち、惚れてないといえば惚れてないようだし、惚れているといえば惚れているようだ、とこう成り、秋子の場合は、惚れてないというのがあとにくる、こういう、ちょっと見ると表現の遊戯のような、この言葉の違いが言葉では現わし得ない深さを持っていた。——あの……と小関が、黙りこくった秋子の顔色をうかがうような眼付で言った。さっき置いてきたお客、あの人と約束でもしたんじゃないんですか、僕と来ちゃ悪かったんじゃないかしら。秋子の沈黙を彼はそれを気にしてのことと誤解したのだが、よしてよ、あんなの！　とそれは忽ち秋子の厳しい反対を受けた。冗談じゃないわ、あんなの！　あたしをなんだと思ってんでしょう、カンバンになったら、おでんやへ行こうと言うから、ええ行きましょうと言ったら、もうそれで万事オー・ケーの積りでいるのよ、あたしも初め近所のおでんやへ行くかと思ってたら、待合へ行こうだって、いくら酔払ったからッて、よくもヌケヌケ言えたもんね、いやだッても離さないんですもの、あたしいっそのこと、その待合へ行ってやって、ヘンなことしたら横ッ面ピシャッとやって恥掻かして帰ってやろうかと思ったの、巧い工合に小関さんが来てくれてよかったわ、いずれ大森あたりの連れこみ宿へでも引張ってくつもりだったんでしょう。そう言って秋子は唇をピリッと痙攣させた。折も折、彼女の頭には、篠原との最初の一夜を送った不愉快な待合のことが想い出されていたのだがそれが大森だったことは忘れていた。大森あたりの……と云って、ああ、あれは大森だった。そう思うと、その夜の情景が鮮かに蘇って来、彼女は又もや小関を無視した沈黙にはいって行った。自動車は芝公園の暗い樹立の中を疾走していた――。

その待合の風呂は、小さい西洋風の湯槽を人造石でしつらえてあった。そこへ秋子が若干乱暴な足どりで足を運ぶに至った経緯は、第四節で既に書いたが、彼女は幾分肌にざらざらとくるその湯槽のなかに身体を横たえ、そして静かに眼をつぶった彼女の頭に浮んで来たものは、第四節のような経緯を見て誰もが直ちに想像するような、篠原に結びついたあれこれの想念ではなかった。彼女は誰のことでもない、自分独りのことを考えたのであった。湯槽は見た眼には迚も小さかったから、彼女は脚をまげ膝を湯の上に出した遠慮した恰好をしていたが、試みにその脚をゆるゆると前にのばして見ると、すっかり延ばしきることが出来た。たしかに小さい湯槽であったが、可憐な位小さい彼女の身体は、すっぽりとそのなかに収めてまだ余裕があった。そしてその可憐な肉体は、その時、それからは想像もできないような不逞《ふてい》な想いを秘めていたのだが、それには大胆に手足を延ばして横臥《おうが》した彼女の姿勢がそういう考えを彼女の中に生ぜしめた所が幾分はあるかもしれない。彼女はそうして自らをいたわってでもいるように自分の皮膚をあちこちと撫でていたが、二十四歳という年齢は、——その齢を知らないで初めて彼女を見た男は誰でも十七、八の少女とさえ間違える、そんなピチピチした外見にも拘らず、自分だけは知っている衰えをその皮膚の荒れや弛みに、確かに見せていたのだった。この人一倍美しいと誇っていた皮膚、身体つきが、では二十四の今日まで、どんな幸福を自分に齎らしてくれたろう。否、幸福だの、不幸だのということは、……そんなことはどうでもいい、そんなことは誰にも分りはしない。ただ、はっきり分ることは、自分が今このように東京へ逃れて来て、たったひとりぼっちでいるこの事だけ。二十四といえば子供の一人や二人は大概の女は持っている、まるで取るに足らない馬鹿な女が、ちゃんと家庭を持っている。だのに、このあたしにそれが恵まれないというのは、それはあたしが不良少女だったせいかしら。いいえ、不良少女という、世間があたしにきせた着物の下に、案外私という「いい児」がチョコンといたせい。そこに、今日のようになった何もかもがあるんだ。いいとも、あたしは「いい児」を捨てて「悪い児」になってやるんだ。あたしはそう決心したんだ。——適度の暖かさを持った湯は、痺れるような快さを、次第に彼女に与えて来たが、それは悪党になってやろうと考える快さと良く似ていたし、又それを誘う様でもあった。上ろうとして肘をつくと、横になった彼女の身体が湯に浮き、ああ、あたしは水泳がうまいんだ、今度の日曜は泳ぎに行こう、そう呟いた。

同じ風呂場に秋子と入り違いに篠原がはいり、見ると羽目板に点々として石鹼の泡が飛び散らされていた。篠原はふふん、なるほどという顔をしばらく棒立ちの姿勢の上に示していたが、軈《やが》て小窓に近づき湯気のたまがいっぱい出来た硝子戸を静かにひいたのは既に確信を得た風であった。風はそよとも無いのに潮の香だけは強く彼の鼻をつき、彼は小指で湯気のたまを集め、重く成った水粒がジグザグの線を描いて流れるのを見たりした。(風呂へはいったのか、はいらないのか分らない位、風呂場を綺麗にして出た女があった。それは駄目だった。はっきり結婚する迄と拒んだ。こういう場所へ来るほど親しくなりお互に惚れ合ってもいたのだが。あの女は今どうしているだろう!)——篠原はやがて風呂をあがり、部屋に戻ると、秋子の姿が見えなかった。おい、アの字! まさかと思いながら襖を開けると、隣りの四畳半に、秋子はもうちゃんと寝ていた。白い蚊帳《かや》を通して、向うむいた断髪の頸に、頸窩《ぼんのくぼ》がくっきりと窪《くぼ》んでいるのが見られ、彼は言葉なく眼をそむけ、抜足差足の恰好で踵《きびす》を返した。ちょいとしたサムライじゃて——彼は呟き、ここでは煙草をというと、これしか持ってこない朝日に火を点じ、紫《し》檀《たん》まがいの卓に肘を突いて、うまいともおもえない煙りを吐いた。その顎をつきあげた眼に、かなぶんぶんが欄間の飾りにしきりと鼻をぶつけているのが映った。あら——秋子が声をかけた。トロトロッとしたもんで、ちっとも気がつかなかったわ。——うそつけ! という風に篠原は、そっちに一瞥も与えず、黙って朝日をふかしていたら、——あたし、くたびれて帰るのがいやになっちゃったあ、泊っちゃいけないかしら。——さあねえ? さあねえ? あんた、泊るつもりじゃなかったの。いやな沈黙があってから、秋子は天井を見上げながら、卑怯者!

と低いがシンのある声で言った。そんな卑怯なの、あたし、大嫌い、はっきり言ったらいいじゃないの。篠原は侮っていた敵手にビシリと背負投げを食わされたみたいな眉の震わし方を示して、——（一風呂浴びるつもりで来たんだから俺は帰るよ、そう俺はここへ来る時、君に言った筈だ、君なんかと誰が泊れるもんか、可笑しくッて——）そう言い度くて、咽喉が痒《かゆ》かった。あんたは普通の男とちょっと違うと思ったけど、——ちっちゃい悪魔のように女はしゃべり続けた。矢張りおんなじなのねえ、ああ、つまんない、ああああ。このあああは嚔《くしゃみ》の前のああああで、やがてハハハクションとやった。なるほど、君は変った人間だ、この暑さでくしゃみが出来る位だから。——そして、なんとなく二人とも笑い出し、篠原にとっても又秋子にとっても無責任な放蕩の雰囲気がそこにできたが、篠原はそうなるとまた面倒臭くなった気持を、顔の表情をゆるませたのにあらわした。パチンと彼が指を鳴らしたのは、どうとも勝手にできる女を前にしてこの億劫さをわれながらいまいましく思っての仕草であったろう。蚊が刺さない？——蚊帳のなかから、女が言った。はいれと促すのだと思い、いよいよ億劫になっていると——女中さんに言って、そこにお蒲団敷いて貰って上げましょうか……。

自動車は、秋子のアパートへ行くにはそこからまがらねばならぬ四辻に迫っていた。そこ、右やって頂戴。——尻上りの彼女特有のアクセントは人を小馬鹿にしたような響きを持ち、小関は運転手が何の返事もしないで荒々しくグイとハンドルを廻したのに、矢張り気を悪くしたかと、気詰りでいると、ちょっと寄って行かないこと、——秋子が前を向いた儘、小関に言った。もとより小関の秘かに望んでいた所であった。秋子はそこを左、そこを右と車一台がやっと通れる細い道を遠慮会釈なく指図し、腰を浮かせた小関が、もうここらで降りて歩きましょうとはらはらして然し言い淀んでいるうちに、とうとうアパートの前まで車を遮二無二《しゃにむに》やった。そして秋子のあとから片足おろした瞬間、一体全体、松下はなんの為に俺を今夜呼び出し、酒を振舞ったのだろうと、この場合ちっとも連絡の無い疑問が、ポツンと小関の頭に浮んで来た。保険勧誘、——それは松下に会うとすぐ小関の気付いたことであったが、松下はとうとう終いまでそれを言い出さなかった。では何のために、いや、筆者の思うには目的などはなかったのだろう。何のために酒を飲むといわれても分らないと丁度同じように。強いて求めれば、酒で憂さを晴らすように、松下は小関という毒にも薬にもならないていの人間をつかまえて愚痴やら悲憤やらを吐き散らかしたかったのであろう。然し小関はそのように己れを考えることができなかったから、怪訝の首を傾けた儘、いま突然、噯気《おくび》のようにそんな疑問が出てきたのに、それは又何故だろうとその方へ頭を向けて行った。酒で痺れた彼の頭にはこれも亦解きほぐせないのであったが、秋子がアパートへ寄って行けという、それは小関から篠原のことに就いて聞き出し度い彼女の肚なのだろう、そう小関は見て取った。すると、彼は今夜「ひさご」で松下から初めて知らされた、そこの娘と篠原との関係を一体秋子が知ってるだろうかどうか、そう考えると、松下の脂をいっぱい出したニタニタ笑いの顔が蘇って来た訳なのである。——秋子は立ったまま踵《かかと》を上《あが》り框《かまち》で押してぬいだ、その小さい靴を下駄箱のなかに乱暴に押し込むとスリッパをパタンと板の間に落した。その音は寝静ったアパートの廊下にどえらく反響し、まあまあ静かにと、それさえ小関は気を揉んでいたのに、秋子は廊下をドタンドタンと小柄な癖に足音は並外れて高く立て、小関には声もかけず眼もくれずに行くのであった。小関は忍び足で後に従い、彼女の部屋の前をそのまま行きすぎて便所に立った。動悸が激しく、しかしそれが分らぬ程血が頭にのぼっていた。

ノッブにおそるおそる手を掛け、首をそっと部屋のなかに入れると、秋子はこっちを向いてブラウスを脱ごうとする所であった。で、小関が首をひっこめようとすると、いいのよ、おはいんなさいと言った。彼は弱気の図々しさで——（弱気では駄目だと思い、それにみずから歯向って行くのが自他ともに意外とする図々しさとなる、あれなのだ。）——部屋に入ると、秋子は、身体にぴったり合ったブラウスを我武者羅《がむしゃら》に引張り上げ、首あきが狭いのだろう、断髪をくしゃくしゃにしている、その子供ッぽい恰好は彼に胸がキューッと締めつけられるような兇暴な愛情を感じさせた。あたしねエ。秋子は甘えるみたいな声で言った。お部屋かわろうと思うの、手伝ってくれない。秋子は机の上に足を乗せ、靴下を脱ぎだした。小関は節穴の多い天井を仰ぎ見て、ええ、ええ、と言うと、明日《あした》来て下さらない、おひるを御馳走するわ。——いいえ、いいですよ。——あたし、独りでおひる食べるのつまんないからなの、いいでしょう、それとも折角の日曜を奥さんに悪いかしら、小関さんの奥さんッて可愛い方なんでしょう。そう言うと、口笛を吹きながら流し場へ行き、それを追う小関の眼は、左様、なんというか、言ってみれば、脱兎《だつと》の如き彼女を獲得し度い欲望に燃えていたのである。生れてはじめての恋だと小関は考えた。今の自分には、恋だけしか残されてない、そんな風にも考えた。その秋子が篠原ごときに蹂躙されている。小関は女を又となく不憫におもい、篠原をいくら憎んでも憎み切れないおもいであった。いつもひけ目だけしか与えられない篠原から秋子を救い、きゃつに打ち克って見せてやり度いという気持がその裏にあったのだが、それは、小関ははっきり意識しているのではなかった。更に又、救う――と小関の気持はしているけれど、秋子の心を篠原から万一、小関が奪うことが出来たとして、それは果して秋子を救うことになるかどうかは大層疑問であった。一世一代の恋と言い、それは嘘でも無いであろうが、では秋子を得た時、彼は彼の子をその胎内に持っている妻の豊美を捨てて秋子と一緒に成るだろうか。そこ迄彼は突きつめていなかった。それは、彼が所謂恋を恋する有様でしかなく、秋子を得られる自信がどうもなかったせいもあろうが、妻は妻、恋は恋、そういう身勝手が許される秋子だという工合に、彼は秋子を無責任に取り扱っていはしなかったか。救うなどというのは、以っての外で、他人に対して意気地のないもの程、自分には眼がない専権を、ほしい儘にするものだ。――シミーズだけの秋子はシロップを溶したコップのひとつを小関の前に置き、そのひとつを自分の唇に当てがい、なにか言いそうな眼を、彼女の前でいらいらと手を揉んでいる男の面に注いだが、なにも言わないで、所在無げに肩の辺を搔いていたりした。やがて、彼女は、シアトリカルと書かれたコールド・クリームの特大瓶をつかい、クリームをタオルにベットリとつけると、依然として小関に向けた儘の顔を遠慮なく拭い始めた。ドーラン化粧のぴかぴかした下から、朝寝夜更しの商売の女に特有な生色のない皮膚が露《あらわ》れて来、小関はそうして手を振る度にシミーズの下で、これは実に恰好のいいこんもりした乳房が揺れ動くのに、見まいとしてつい眼が行くのだった。彼女は自分で自分に腹を立て、そして顔に当っているみたいに額を横撫でに乱暴に撫でると、描いた両の眉毛が見事に取れてなくなり、頬の黒子が鮮かに目立った。

篠原君は来ますか。——小関は遂に言ったという顔をした。——ええ、時々。臀《しり》の横に出した小さい子指の胼胝《たこ》を秋子は抓《つね》りながら、却って話をそらせる風にした。——そう、そう、今日橘先生がお店にきたわ。——橘先生？——はやアくに見えて、と彼女は変ったアクセントで言い、おビール二本ばかりあがったきりで帰ったわ。——独りでですか。——二人、片方はやはり病院の先生らしい初めての方。——ほほう、篠原君と一緒じゃないんですか、篠原君はこの頃でも病院へ行っているのかしら。——秋子は眼をパチリとさせ、しまったことを言ったと皺を寄せた額に手をやった小関に、秋子は露悪的な口調で——病院へこの頃、寄りつかないらしいのよ、橘さんが怒ってたわ、ああ自分で自分の身体をうっちゃらかしにするようでは医者は責任を持てない、もう治療してやらないって、駄目ねエ、はじめのうちはお酒も我慢していたらしいんだけど、そのうち橘さんに内緒でやり出すし、それから……。それからは流石に言いにくいので彼女は秋波のような眼付と嬌笑を小関に見せ、肩を縮めた。そして、夜は大分涼しいわねと言って立ち上り、赤と青の太い縦縞がけばけばしいタオル地のパジャマを押入から出した。それを見た小関は、まるで飲んでないコップの緑色の水をあわてて取り上げると一気に呑みほし、さあ失礼しましょうと言った。この時、彼女が、では明日来て頂戴ねとでも言ったならば、次のような事はなかった。そう言われては却って引き取れないのが、こういう場合の男の心理であろうがそうでない所に小関らしいのが見られる訳であったのに、——彼女は無言の儘ニッコリと笑った。

それは、女に未熟な男の燥気《いらだち》を嗜《たしな》み味わっているもののようであったが、小関はその笑いを次のように忖度《そんたく》した。女は矢張り女であって、彼女は篠原のことについて聴き出し度いと念《おも》いながら、そうは言い出せないのであろう、言おうとして自分を励ましているのが、あの笑顔だろう。そこで、小関はもう立ち上っていたが、淡青色の安ペンキを塗った柱を女のように細い指で撫でながら、こう言った。——今夜、神楽坂の「ひさご」といううちへ行ったんですがね、そこの娘さんと篠原君とが最近その、……恋愛をしているということを聞いたんです、いや、なに「ひさご」ッてのは名は粋だけど、きたない呑み屋でしてねえ。この一言が、秋子の心中に忽ち起したただならぬ波は、そのまま小関に伝わらなくてはおかず、小関があわてて——あんたが知らないで居るといけないと思って、ちょっと御注意までに……。そう附加えたのは波を余計搔き立てるのに役立つだけだった。最初、秋子は先ずその胴体だけをシャンとさせたが、帰って！　そう言うと、小さい全身をバネ仕掛の人形のように直立させ、多少斜視のその眼で首を縮めた小関を厳しくねめつけた。——あんたッて、まあ、なんて卑劣な人間なの、帰って頂戴、さッ、トットと出て行って！――小関は言われるまでもなく、既にノッブを握り締め、こんな筈ではなかった、一言弁解をといった眼差を背後に向けた。秋子の取ったような惚れた悪だくみで、彼女と篠原との罅《ひび》に、自分に有利な様、わざと手を入れるそんな意図で小関が言ったのではなく、小関は、秋子がうすうす感付いていることを小関によって確《コンファーム》かめ度いと思っているとして、秋子のために忠告したに過ぎないという気持に、その場だけは間違いなかった。その意味を言おうとして、彼は轍《わだち》にあぎとう鮒《ふな》の如く、徒らに口をパクパクさせて、コンファーム、コンファームとしか言えなかった。昼間勤め先の和英辞書編纂部で、彼はかねて一種生理的に肌の合わぬ同僚と「たしかめる」という言葉の訳語について争い、Ascertain; Confirm; Corroborate; Verify 等々いくつもある中で、彼は Confirm を固執したのだったが、それが計らずも出て来たのである。――篠原のことはあんたに差出口して貰わなくても、あたし、ちゃんと知ってるわ、いやな人ね、帰ってと言ったら早く帰ったらいいじゃないの。

　天には皎々と月が冴え渡り、アパートの入口にある冬青《もち》が、濡れたような黒々とした影を落している。それを眺めた小関の眼がやおら後を振り返り、そして正面に戻ると、悄然《しょうぜん》と足許に落された。その足はもう二時に近い森閑とした街路へしずかに運び出された。――ちゃんと知っていると秋子は言った。然し、そう言った時の激し方は、知らなかった為の衝撃をあきらかにするものであった。知っているのがほんとであったら、ああした取り乱し方は無かったに違いない。――空っ腹に飲んだ酔いが今はすっかり醒めたと気付くと、頭のまんなかを錐《きり》で揉むような痛みにそれはかわって居た。その頭をそッと浮かせるようにして小関は歩いた。家まで自動車をいくらと言ったらいいだろう。そこへ背後からバタバタという草履の音がし、秋子であった。小関さんごめんなさいね、怒った？　怒っちゃいやよ、ね、ごめんなさい、あした待ってるわ、きっと来て頂戴！　ひとりでしゃべると、さっと身を翻したが、その眼は涙でうるみ、唇が真蒼だった。そういう印象を小関に与えて秋子は再び脱兎のように走り去った。

第九節

日曜日の午前中は寝床のなかにいるのが、小関のきまりである。しかし習慣として六時半というと一応眼が覚め、さあ起きなくちゃというのが、安心しろ、今日は日曜だとさとされ、夢の多い眠りのなかに再びグタリと身体をよこたえるのだが、今朝は少しく事情を異にした。ハッと眼を覚ますと、彼は充血した眼をキョロキョロと寝床の周囲にはせ、なんのことはない、矢張り我が家の四畳半だとわかって、安堵とともに落胆の表情が彼の顔に浮んだ。筆者もどうやら語るのを躊躇せねばならぬ破廉恥極まることを、小関は秋子に対して行った夢を見たのであって、秋子のアパートにとまり込んでのことかどうか、そこ迄詳しい背景は夢のなかに描かれてなかったけれど、夢のなかの彼は家を一晩あけたことに対しどういう言訳をしようかと盛んに眉を寄せ、そしてうまい口実がどうしても見付からなかった。そこがいかにも夢らしい癖に、秋子とこんなうまい工合に行くのは果してほんとだろうか、夢でも見ているんじゃないかしらとしきりに彼は夢の中で疑い、疑っている彼の姿をハッキリ見ることができた。夢は彼の弱気なくせに図々しい性格を見事反映して、秋子の方が彼にしなだれかかって来、彼は、俺のせいじゃないぞ、悪いのは秋子だぞと言いたてていた。……

さあ、小関はいつもの日曜と事異り、再び眠りに就くことができなかった。秋子に会うのがこわい感じでもあり、又一刻も早く遮二無二、秋子のアパートへ飛んで行きたい。正午近くまでこうした輾転反側《てんてんはんそく》していねばならぬかと思うと、拘束されたおのれと比べて、アパート住いの篠原の自由さを呪《のろ》わずにはいられなかった。そして今度こそうまくやれば、ながい間苦手の圧迫感からのがれることのできなかった篠原の、あのいけしゃあしゃあとした横ッ面をピシャリとやることができるのだと考えられた。小関は左翼組織に加わっていた自分と言っているが、おっかなびッくりの半ば篠原に強制されてのものに過ぎなかったことは前に書いた。しかももはやなにもしない現在となると、その安全感が妙な工合に彼の良心をたけだけしいものにし、自分は以前も今も精神的には少くとも健全であるとして、篠原の頽廃をなんと無節操なと批判的に憎む念が旺盛にうごくのである。篠原の奔放無頼の生活振りに接したお蔭で、いわばその煽《あお》りを食ったみたいな恰好で小関も最近なんということなく気が大きくなった感じに恵まれたのであるにも拘らず、そうした気が大きくなった感じが又、篠原の生活を積極的に咎めだてできる強さを齎してきた。そして秋子を自分が奪うことによって、篠原の不埒《ふらち》さをピシャリと殴れるといった妙な論理に小関ははいって行った。――襖の向うで、妻の豊美が母親に何か話しかけている声が小関の耳にはいった。前にはなかった自分の夜遊びに関係したことではないかと、耳を立てたが、それは丸三市場が日曜の今日は特売デーだから、廉《やす》いものが売り切れぬ内に行ってみようということであった。薄給サラリーマンの住宅に囲まれたこの丸三市場というのは最近できたもので、日曜は特売デーとするチラシを廻し、騒々しいチンドン屋を店先に呼んで客の吸引をはかったが、この頃では勘定高い買い手たちが特にその日曜をねらって市場に殺到し、できれば一週間分の買いだめをしようという工合になっていた。その為、丸のなかに三の字を書いた大きなマークの出ている扉のまだ開かれないうちから、サラリーマンの女房たちはお互いにお互いを軽蔑する顔をそむけ合って、その前に立ち並び、やがて鎧扉《よろいど》がキリキリと上へ引かれ半ば位になると、ドッと場内に押し入る始末にさえ成った。そう大して廉くもないのだが、やはりとくだという感じがさもしい女房たちを惹くらしく、豊美もそうした一人であった。豊美が、もうこの頃は外部に目立つ腹をメリンスの前掛に隠して市場の前に立ってい る恰好を想うと、小関はそういう彼女に憐れを催しつつ、それ故余計不愉快であった。今はなんとかして口実を設け秋子のアパートに行くより他はないのだと自分に言いきかせた。そして口実をあれこれと求めながら、粗末な借家普請は窓に硝子戸をはめただけでその外の雨戸を省いている、その曇り硝子に、しかめた眼を向けていると、一疋の小さい蠅がヨチヨチと硝子の上を昇って行くのが、ふと眼にとまった。朝夕の冷えはこの夏の生きものをすっかり弱らせ、まことに頼りなげな動き方であったが、一体上へ昇って行ってどうする積りなのだろう。生きている以上はなんでもいいから歩いていないとやりきれない、というか、歩けるぞというので生きていることを自分にしらせている、そういった風であった。曇硝子の上は普通の硝子がはまっているが、哀れな虫は果してそこまで行きつくだろうか、そして行きついたとしても、ツルツルの硝子を匍《は》い昇ることができるだろうか。小関は息をこらすみたいにして見ていた。

そこへ、小関の家には珍しい訪れである郵便が来て、小関は間もなく何か息苦しい蠅の観察から解き放たれたが、それは又彼を家から解放することにもなった。バタンという玄関の戸の音に、彼はそれではじめて眠りをさまされたと家人には思わせる工合に、アァという声を出し、ねむい、ねむいと言いながら便所に立った。そして封筒を持った豊美の手に、興味のない風を装った眼をやり、どれと手をのばした。便所にはいって開いてみると、沢村稔の自殺をしらせてきた文面で、差出人は知らない名であった。沢村稔が過般縊死《いし》をとげ、残された妻は一子をかかえた上に近く生れる胎児さえあって、誠に気の毒な事情であるから、旧友の香奠《こうでん》を集めて送りたいというのだった。どうした訳から首を縊《くく》ったのかは今のところ小関にも不明のことであるから、ここで書くには及ぶまいが、沢村稔という読者には初めての登場者に就いては、小関の旧友であってみれば、一応の紹介を必要とするとおもうけれど、錯雑を避ける為、後節を待ちたい。即ち沢村稔の追憶会がやがて行われ、その有様が後節に於いて語られる筈であるから、その時まで待つことに致し度い。さし当っては、この通知が小関に絶好の口実を与えた次第の方を急がねばならない。これは大変と彼は便所のなかでわざと奇声を発した。出てくると、彼は手紙をヒラヒラさせながら、これを見ろと豊美に言った。何事かと彼女が芋虫のような眉を寄せて手紙を受けとるのを、彼は横目で見ながら、さあ、洋服だ、出かけてくると言い、事の真相をききに一刻も早く友人の家へ駈けこまなくてはならないというあわて振りを誇大して示した。母親までが顔を出し、彼は、――友だちが死んだんだ、学校の時一番親くしていた友だちが、と言ったが、沢村と小関とはそう決して親しい間柄ではなかった。

こうして小関はアタフタと家を飛び出し、秋子のアパートへと赴いたのであるが、秋子の部屋は鍵がおりていた。まだ寝ているらしく、又どこの部屋も森閑としていた、油を塗ったばかりの廊下はスリッパの跡をすこしも持っていなかった。今日移る筈の向いの部屋に小関はコッソリはいって行った。朝の陽に忽ち暖っていた小さい室内の空気が彼の頬を気持よく包み、その硬直をほぐす如くであった。腰をおろし畳に手をつくと、新しい畳は掌に快く、そうしたことも小関の胸をときめかした。陽当りの悪い小関の家の四畳半などとちがって、太陽に向ったここの窓には、パーッとした麗かさが輝いていて、寝不足の小関は眩暈のようなものを感じながら、やはり顔を向けていたかった。秋にはいって行く時季でありながら、春暖の漸くにして訪れて来た錯覚を与えられ、すると、人に隠れて悪事を犯すあの快感に似たものがワクワクと湧きあがり、腹ばいになって手をのばし押入をコッソリ開けて見た。なかはガラン洞であったが、隅に、新聞を丸めたちょっとした大きさのものがひとつあった。彼はムクッと起きあがると、一度扉の方に眼をやった後、四つんばいになって、押入のなかにもぐり込み、獲物を摑むと素速く押入から出て、窓の近くににじりより、扉に背をむけ両足を投げだしたなかに新聞のかたまりを隠した。この部屋の住み手が、決して男でなく秋子のような女でなくてはならない気がしてき、それに確証を与えてくれるようなものを先に得たいと部屋を見廻したけれど、別になにも得られなかった。彼はドキドキする自分に満足の笑いを投げつつ、新聞包みに、女のようなしなやかな両手をかけた。先ず一応掌に受けて重味をはかり、中味に何を期待した訳でもないが、どうも失望的な軽さであることを知ると、今度は両手を捧げるようにして幾度か押してみた。そうした後、ゆっくり新聞をほぐし出したが、だんだん剝《む》く手が早くなり、とうとうシンまで行って、そして結局なにも出てこなかった。ものの下に敷いた新聞紙をただ丸めたものであるらしい。彼は唇をプッといわせ、足に積った新聞を蹴飛ばしたけれど、これが又蹴飛ばし甲斐のないものだったが、その瞬間、炊事台の戸棚が眼についた。こうなると、彼はそこへ飛びつき、棚をあけ、しらべてみたが、あるのは板について取ることのできないしみだけである。しぶしぶと彼は窓側にもどり、頭痛がしてきたのに気付いた。そこで、彼は横になり、すぐ向いの部屋で、こうして横になって寝ている秋子のことを考えはじめた。

どうやら彼はトロトロしたようだったのだが、向いの部屋のノッブがガチャリと鳴ると、彼は起き上っていた。果して秋子で赤と青のパジャマを曳摺《ひきず》るようにして立っていて、瞼《まぶた》が膨れていた。涙のため膨れたものらしいが、アラ、小関さんというのは、しめった声でなく、——随分待って？——いいえ、なに。顔の赤くなった小関は手をかけた扉をひいて自分を隠すような風にした。驚いて蓋をしめる貝に似ていて、秋子は可笑しさの昇ってくる顔をソッポにむけ、ちょっとそちらで待ってて頂戴、お支度するから。そしてスリッパをばたばたいわせて便所の方へ走った。——しばらくして、向うの部屋から彼を呼ぶ声がした。行って言ると、お支度とはなんのことか、寝床は敷きっぱなしの乱れた部屋の有様で、蒲団を踏まずには部屋にはいれないのに、小関はマゴマゴし、それを面白がっている工合の微笑を投げかけている秋子の顔に、チャンと眉毛ができているところを見ると、それがお支度の意味であったかもしれない。昨夜の心の嵐は一晩のうちに、すっかり凪《な》いだのか、しかしその跡を膨れた瞼に明瞭に残していながら、嵐なぞまるでありはしなかったというケロンとした顔付を秋子はしていた。小関は、昨夜は——と言おうとしたが、昨夜あんなに取り乱した女とは全く別人のような秋子を見ると、そうした挨拶は言い出せるものではなかった。昨夜の自分を勝気な彼女が醜態としている為のこの顔付だろうと彼は想像し、そのぬけぬけとしたところが彼には又魅力であった。夢の中の彼女は所謂彼がつくった、彼の手におえる程度の女であったが、実際の彼女はちょッと、や、そッとで手におえる代物でない事が分ると、小関は執念ぶかい力みを覚えてき、夜具の上に図々しく胡坐《あぐら》をかいた。秋子は机に腰かけ、バットを喫って、ゆっくり遊んで行ってね。そう言って、小関が彼女の転室の手伝いに来たのに別段礼を言おうとしなかった。それは矢張り小関を照れさせ自分はあなたに頼まれたから手伝いにきたのだという体裁を明らかにしようとした。——ひとまず、引越しを済ましたらどうです。——そうねえ。彼女は物倦《ものう》げな返事をして足を組んだが、その微かな振動で、机の上の薔薇が赤い花弁をポトリと落した。

扨て筆者は、小関と秋子を此処で、そッと二人だけにしてやり度いと思う。だと言って、二人の間に、小関の秘かに願っているような情景が果して展開されるかどうかは筆者の甚だ疑問とする所だが、何分、ムチャな秋子のことだから予断は許されない。というと、この物語にあられた秋子の動きを今迄見守ってこられた親切な読者は、それは妙だと言うかもしれない。「悪い児」になってやるんだと決心した秋子を語ったのは、つい前の節のことであるが、やがてその秋子が「悪い児」でなくなった次第は、第四節に於いて紹介した。それは秋子が篠原に惚れてしまったための逆戻りと見られるのだが、秋子が篠原に捨てられそうな形勢になると、又ふたたび決心の逆戻りが行われたのだ。ムチャだと筆者が言ったのは、そうした秋子のことである。生意気なけもののような女。酒場メーデルの朋輩赤ダコは、秋子に対して、「改造」読んでいるからって威張るない、なんでえという、思えば実に適切な言葉を吐いたが、いかにもそう言ってやりたくなるアの字。そうした高慢チキが、均斉のよく取れたピチピチとした小柄な肉体、愛くるしい顔立ちと結びついて男の眼に立てる一種颯爽とした壁を、篠原は嗜虐の拳《げん》固《こ》でぶち抜きたかったのだ。そしてぶち抜いてみると、アの字は次の壁を用意してない女になっていた。ところが篠原はいつもぶち抜いていないと困る状態にいたのである。俺はやっぱり色魔かしら、こういうのを色魔というのかしら。——篠原は友成に言ったものだが、秋子から逃げるのをやはり苦痛としている篠原の顔を、友成は憐れむ眼付で見ていた。往時の友成を天才とすれば篠原はただの秀才だということを第六節で書いたが、友成が完全な俗物に化し去った現在、篠原はやはり中ブラリンの、俗物に徹し切れぬ所で喘《あえ》いでいた。この会話は篠原のアパートで取りかわされたのだが、篠原はその部屋に「のんきなとうさん」という妙な玩具を買い込んできていた。漫画の人物を木製の玩具にして銀座の夜店で売っているもので、坂にした板の上に置くと小さい木の足をヨチヨチと運んで坂を降りてくる。いつぞや秋子と別れてアパートへ帰ろうとした時、これがふと眼にとまり、何気なく立ちどまって見ていると、次第に愛着を覚えて来た。余り人気を博さない玩具と見え、誰も前に立ち止っている者がなかったのが、篠原の立っている為、次第に周囲に人だかりができ、その人々は「のんきなとうさん」の剽軽《ひようきん》な歩き振りにみな微笑を漂わすのだったが、そのなかで篠原ひとりは、苦しい顔をしていた。彼は気持が狂燥的《きようそうてき》になり、アパートの壁にがりがりと爪をたてて行きたいような時、この「のんきなとうさん」をすべらせて、幾度も幾度もすべらせて、にがい顔をそれに向けているのであった。いま、篠原は友成から顔をそむけ、この「のんきなとうさん」に眼をむけながら、言うのだ。——俺は他人から色魔だと言われる分はかまわない、然し自分で自分を色魔だと考えたくないんだ。——同じさ。友成は「のんきなとうさん」の鼻に煙草を、プーッと吹きかけて言った。ちがう、ちがうぞ、トム。——どう違う。トムこと友成達雄は、篠原の言葉を少々うるさがっている口調である。——ちがうじゃないか！　篠原は、はっきり言葉であらわせないもどかしさで大きな声を出した。友成はダンヒルのパイプに燐寸《マッチ》の棒を入れ、灰を掻いていて、なにも言わなかった。

この日、すなわち小関が秋子のアパートを訪れた日、篠原は「ひさご」の娘と新橋駅の出口で待ちあわせる約束をしていた。前田芙美枝という名前だが、その大きい瞳をしょっちゅうキョロキョロさせている芙美枝の姿はまだ見えず、篠原はぐったりと疲れたような軀《からだ》を壁にもたせかけそして煙草がのみたいという手付ではなく、ただなんとはない所在なさの仕草でポケットからチェリーを取りだした。女を待っている緊張した表情が、彼の顔からも更に窺いとれなかったが、それは芙美枝に会うのが、そう楽しくないからという訳では決してなかった。女に会ったら、どう言おうどうしようという空想の翼がもはや擦り切れてしまっていたからで、それに彼の心には沢村稔のことが重たくおっかぶさっていた。小関の家にその日の朝、配達された沢村稔の遺族救援の書面は、篠原のアパートを前の晩、訪れていた。しかし見たのは小関と同じく、この日の朝で、沢村とは種々な交渉をもっていた篠原にその自殺は小さくない衝撃を与えた。沢村は一年ばかり前千葉にある有名な競馬場の書記のような位置を得、篠原はそれからの沢村にはそう会うことがなかったので、なにが沢村を殺したかは知ることができなかったけれど、彼は彼流に沢村の死因を、それと察することができ、それに違いないと思うと、ギュッと歯を食いしばった。洗面所で歯を磨いていた彼は、楊子《ようじ》を動かす手に思わず力がはいって歯茎からいっぱい血をふき出させて了い、真赤な唾をタイルにペッペッと吐きつけながら、沢村の死因をそんな工合に考える自分の汚なさに自ら腹をたてるのであったが、たとえば手紙の差出人の牧野晃夫などの一派のものはきっと綺麗ごとを言って澄していることだろうとおもうと、彼等の頭に汚いものをぶっかけてやりたい口惜しさも覚えた。沢村稔の歩んできた道は、後で述べるが、今すこしくそれに触れるならば、彼は豪放を気取る松下長造のタイプに属する男だが、松下と違って、良心の命ずるままの動きをまっすぐ自分に取らせ、従って篠原などと違って、早くから学校の外に出て、組合の仕事に従い、もとの「関東金属」では「黒馬」(彼の渾名)と皆から呼ばれ親しまれていた。左様、話が前後するけれど、彼の追悼会の席上で、彼の追想記をみんなで書こうじゃないかという提案が一斉に出た。彼を語ることによって、自分たちのある時期の記録を残しておきたい気持である。やがて一冊の本が一種の生々しい時代的記録として出来上ったが、そのなかに牧野晃夫の次のような文章がある。すこし長いけれど、それを筆者はここに転載したいと思う。(ちなみに、これは筆者の創作ではなく、牧野晃夫の書いた実際の手記をそのまま書き写したものである。)

それは昭和四年の五月の二十日時分の事だ。日付は、もうはっきりと記憶していないが彼の小伝を見ると、その時分の事であることが判明する。そのつい四、五日前に月島の関東金属京橋支部にやってきたばかりだった。僕は丁度その年の三月、一高を馘になって、当時展開されていた市会選挙闘争を機会に月島にやってき、その儘ずっとそれまで京橋支部に残っていたのだった。四・一六で支部長を奪われ、又有力な闘士を奪われて、支部員としては、偶然検挙を逃れた僕達が二、三人しか残っていなかった時だ。だから彼がSという名前で、支部に顔をみせたのは、就中《なかんずく》僕にとっては、大きな力となった。Sってのは誰だろう、僕と学校が同じだというんだが、と思い、そしてそのSが「黒馬」だった時の私の気持は、丁度遠い旅先で偶然親友に邂逅したような気持だった。金属工場と警察署とポリス・ボックスしか目に入らなかった僕には、本当に彼との再会（?）は懐しく嬉しかった。早速、当時目標工場だった鉄工場のビラ撒きに行って貰った。当時その工場内には二三の同志もできていた。従業員の不平は猛烈だった。争議の根幹となるべき工場内組織も目鼻がついていた。工場ニュースの発行もたび重った。その上に外から、工場内へ絶えず、ビラを撒くことが必要だったのである。当時の状勢は相当はげしくはあったが、今と比較すれば物の数ではなく、外から容易にビラも撒けたのである。殊にI鉄工場は真四角の工場で、その周囲をぐるりと道路がめぐっている。事務所とは反対に作業場がある。おまけに、瓦斯タンクや、貯水タンクを作っていた工場だから、労働者達は皆野天で働いているのだ。事務所と反対の塀の上からビラを撒いたら、すぐ働いている労働者の頭にふりかかる訳である。唯悪いことは、月島警察署に近く、その上ポリス・ボックスが、すぐ近かった。だが、月島は人工的の町であるから、碁盤の目のようについている大きな或は小さな横道を覚えて居れば、どんなに追いかけられたって容易に逃げうせたのであった。

「黒馬」がビラを撒く。勝手知った僕が工場の一角から歩いて、他の一角を曲り、交番の方をみて、撒くのによかったらそういう合図をする筈であった。さて歩いて見ると、塀が一部開かれ運送車から鉄材が工場内に運ばれている所だった。運送人は大した事はないが荷の検査をやっていたオーバーオールを着た事務員がいる。悪い所にきたものだと思って歩く速力を早めて、初めの一角を廻って、さて「撒いては悪い」と彼に合図をしようと振り返った時、沢村はもうビラを撒こうと丸めたビラを摑んで手をふりあげているところだった。それが、開かれた塀の所で、真黒になって労働者が働いている有様が外からよく見える場所なのである。彼一流の正義感から、こらえ切れなくなって早速ビラを撒いたのだろうと思われる。案の定、検査事務員が彼を追いかけだした。彼は戸惑いして、月島の大通りを出て、悪いことに、月島警察署のある方向へ逃げてゆくのだ。僕は周章てて、その方向へ駈け出したが、着物をきて居ったので、思う様に走れない。その内に下駄の鼻緒を切ってしまった。近道をして、彼に追いつこうとした。月島の大通りに出たときは、巡査二人に大勢の街のわいわい連中が、どろぼうどろぼうと言いながら、彼を追いかけ廻している所だった。僕の目の前で彼は大通りの一方（西仲通り側）から東仲通りの反対側に、蛇行形をエガいて逃げて行く。今もなお消えない深い印象というのは、彼のその時の恰好だ。灰色の地に黒い糸を織り込んだ細い格子の背広をきていた。黒い靴下を履いていたと思う。ソフトを右手に持ち、両手を両側に置き、大きい頭は格別ふってはいなかったが、脚はずっと後方にひかれていて、重さで前へ前へと絶えず進み過ぎる上体に辛うじてついて行くという有様だった。（筆者註。沢村は頭が異常に大きかったので牧野晃夫はその異様な大頭が駈け出すときの形について追憶の筆を進めているのである。）然し彼はとても早かった。二人の巡査も、街のわいわい連中も彼を捕えもできず、大きい波を打って右往左往した、だが、僕の立っている反対側の小路でとうとう彼はつかまってしまったのである。

勿論その時、彼の恰好が可笑しいなんて見ていたのではない。「黒馬」は、巡査に捕って署につれられて行く途中、度々振り返ってI鉄工場の方をみた。多分相棒の僕がつかまってはいないかと心配したのだろう。僕はどうしようと思った。僕は早速、僕たちがこういう時には常に厄介になる佃島のFおばさんの所へ知らせ、そして彼が住所とする上野清水町のエヌ・エス本部に行って、彼がつかまったことを知らそうと思い立った。清水町に知らせる目的は果されなかった。それは僕が「黒馬」の二の舞を演じて、巡査に誰何《すいか》され逃げ出し、途中眼鏡を落し、下駄を割ったので捕り、谷中署に厄介になっちゃったからである。(中略)「黒馬」は十五日の拘留で、元気よく帰ってきた。それは四・一六で捕った支部長の「ヤッチャン」が留置場で頑張っているのを見、そしてヤッチャンに激励された為だろう。「黒馬」が出てきてから、僕達は間もなく月島を引き払って、桜橋附近に住んだ。(後略)

この時分が、沢村にとって、否同時代の誰にとっても、生き甲斐のあった頃であった。そして聽て苦しい日が来た。幾多の曲折を経て沢村はそれから五年後、運動と縁を切って競馬場に職を求めた。その前までは、彼は行政裁判所の臨時雇として、しがない暮しをたてていた。そして、その少し前には喫茶店のコックであった。経済学士のコック!(これらは後に物語ろう。)そしてどうやら——俗世間的に言えば——一人前の職業にありついたと思った途端に、彼は自殺した。篠原はそこが微妙なところだと思った。「黒馬」が運動から離れ、さりとて、そのことは俗世間的に食って行ける保証をなんら彼に与えはせず、精神的にも生活的にも全く暗澹とした日々をおくっていた時、その時、彼が自殺せず、生活に少しく目鼻がついてきた時になって自殺したという事は、——篠原は沢村との間にこの頃日常的な接触を持っていなかったが、でもそれは分る、ピンとくるとしたのであった。暗澹とした日々というものは暗澹と戦っているのであるから、そこに生きて行く為の力が矢張りあるのだと篠原は考える。では、競馬場に勤め、「生活」が安定した時、どうして生きて行く力を失ったのだろう。「生活」が安定するとともに、彼は「生活」と戦って行く彼を失った。もとの彼は死んで、新しい彼が生れてきた。「思想」の彼はもう消え失せて、卑しい「生活」の彼が、周囲を見廻しはじめた。

思想の波から遠のいていた同窓の誰彼が、或はS—県の特高課長に、或はY—県の社会教育課長にと、トントン拍子の俗世的栄達をとげ、——わしら、考えんといかんわいと松下長造が篠原のアパートで長大息したことは第五節の冒頭に記したが、沢村も亦この長大息から免れることができなかったに相違ないと篠原は彼流に推断したのだ。足並が遅れたのならまだしも、もはや取りかえしのつかないことになっている自分を沢村は顧み、生涯どんなにあがいても自分はもう駄目だという絶望が彼を殺したのだと篠原は忽ちピンと感じたのであった。そうに違いないと篠原は思ったがそれを牧野晃夫などに明らかに言うと、そんな卑しい推断は、篠原辰也よ、お前の卑しさを以って「黒馬」を汚すものだと言われるにちがいない。それが分る故に、余計、この汚い奴を牧野などの面前に叩きつけたい欲望を感ずるのであった。——洗面所を出ようとした時、篠原は、断髪をクシャクシャにした寝乱れたパジャマ姿の女に会った。この女性は堅気の銀行員とマトモの結婚生活を三年した後、彼女の言葉によれば、あれだってこれだっておんなじよ、そうじゃなくて、タッちゃん、今の方が呑気に遊べて贅沢ができるからずっといいわ、——、という訳で、今は妾に成っていた。あれというのは結婚生活で、何処といって難の打ちようもないチンマリした典型的サラリーマンの家庭であったらしいが、彼女は自分から逃げ出して、横浜で貿易商会をやっている五十がらみの男の妾になり、篠原と同じ階の部屋に住んでいた。——随分早いおめざめね、ランデブー？　女は桜色に塗った爪で、断髪を乱暴に掻き廻しながら鼻のつまった声でそう言った。いつもなら、ヘンと篠原は鼻であしらい、土曜日の晩は横浜から来て泊って行くのがきまりなのを知っている彼は、親指を女の眼の前に突き立てて、お楽しみだね、チェッ！　とでも言うところであったが、今朝はムッツリとしていた。篠原はこの女の部屋に泊ったことがあるのだが、腰の上の、丁度肋骨《ろっこつ》の末端あたりに大きな痣《あざ》があり、生れる時に機械が当った跡よ、きっと、と説明し、子供の時はほんの小さい跡だったのに、大きくなるにつれ痣もだんだん成長して、——いやだわと女は言った。女は子供のできない発育不完全の身体であったが、年齢が二十二になっても気持は年齢にまで行ってない所があった。鼻が悪いせいか、口をポカンとあけ、男のような鼾《いびき》をかくので、篠原は自分の部屋にコッソリ逃げかえった。それから余り寄りつかない様にしていたが、そういう彼を別段追うでもなく、さりとて又避けるでもない、なんともおもってない風で、廊下で会えば冗談口をお互いに吐いていた。——篠原は洗面所から駈け足で自分の部屋に帰り、眉をしかめていたが、その女を不道徳な不潔なものに感じて顰め面をしていた訳ではなかった。自殺した沢村を汚さのなかに突き落したものの、矢張り自殺するだけ、沢村の魂は汚濁に塗《まみ》れてしまってはいなかったのだということに、こうした女の姿を見るにつけ、篠原は気付かねばならなかったからである。

このアパートにひとりで住む女は例外なく妾であると言ってよかった。妾でなければちょっと住めない高い部屋代であり、パトロンが昼の食事時間を利用して訪ねてくるのに好都合な場所にあった。篠原は「ヴォーグ」の事務所兼住いとして、この銀座裏のアパートを選んで移って来た当座、彼女等がなにものであるか全く見当がつかず、そのケバケバしい化粧や装いからバーの女ででもあるのかしらと思ったが、別段夜になって勤めに出る風もなく、それに、夜の仕事をもった女に特有の皮膚の荒れや顔色の悪さが更に無く、勤めの疲れを知らないみずみずしさと一種色慾的な健康さをいっぱい発散していた。小関が篠原を訪ねてきた時、彼女等の一人に会って、あのお嬢さんはなんですな、いいうちの娘さんらしいが、独りでアパートにいてなにをしているんですと不審の眼を篠原に向けたが、篠原も亦、もとはそうで、今でこそ篠原は彼女等に興味をもたず、――というより彼女等の方で若い篠原になど眼もくれないことが反撥的な態度をおのずと篠原にとらせ、それがいつしか虚勢でなく地となって行った訳だけど、もとはなんとかしてこの不可解な美しい存在に近付きたいとあせったものであった。エレベーターで一緒になったりして、映画を観に誘ったこともあるが、仲々達者な映画の観手であって、どこそこの場面のあのカメラ移動は廸も素晴しいわねと言ったり、俳優の芸の批評をしたり、そうした点では高い教養のひらめきをふんだんに示すのであった。勿論彼女等のうちには例外もあったが、大概女学校を出ていて、酒場メーデルの赤ダコみたいに、ミリアム・ホプキンスをミリタリー・ポンカンと言ったり、テアトル・コメディをテマドルなんとかと言って澄ましているようなことは全くなかった。背中に青痣をもった例の女などは、実家が熱海のなかなか大きい温泉旅館をしていて、週一回泊りにくる横浜の旦那から毎月かなりの手当を貰っているほか、実家からもなにがしかの生活費を受取っており、何故、妾などをしているのか、篠原にはテンデ解せぬのであった。ある晩のことであるが、校正の時だけ手伝いにきて貰う鷺見という青年と、アパートで仕事をしていると、その女の部屋から突然、激しい物音とともに人殺し！　助けて！　という金切声がきこえてきた。鷺見はハッとペンを落して、篠原の顔を怯えた眼でのぞき込み、篠原はシッシッと言って小首を傾け、耳をすました。悲鳴は再びきこえて来なかった。それが如何にも不吉な感じであった。篠原は椅子を倒して廊下に駈け出て、女の部屋のノッブに手をかけたところ、部屋の扉は錠がかけてなく、すッとあいた。篠原は却ってギョッとし、もしもしと外から声をかけた。篠原さん？——女の声だった。——お願い、ちょっとはいってよ。それは救いを求める声というより甘い声に近い響きをもっていて、篠原はいやな気がし、でも用心しながら部屋のなかに足を踏み入れるというと、部屋の隅に、かねて見知っている彼女の先夫の銀行員がキチンと膝を折って坐っていて、そして部屋の反対の隅に、彼女が突き立っていて、赤坊のいやいやの恰好で、両手を振りながら、足は地団太を踏んでいた。篠原さん、（この時分はまだ、親密な交渉をもっていなかったから、タッちゃんとは言わなかった。）お願いだから、この人を外へ出して。――篠原はなんにも言えず顎に手をやっていたが、夫の銀行員は眉ひとつ動かさず、依然として隅に身を固めて畏っていた。よく見ると、その方向に向けて籐椅子が横倒しになっており、男の身辺にだけ紅茶のセットの破片が散乱し根をあらわした盆栽の松が土くれとまじってころがっていたりしていて、彼女の方は綺麗さっぱりしているところから察すると、乱暴を働いたのは男でなく女であることが明らかになった。篠原は鼻をクフンと鳴らすと、ソッポを向いた男にちょっと首を下げて部屋を出て行こうとしたが、その胸にパッと女が飛びついてきて、ネ、ネ、お願いと細い手で篠原の身体をゆすぶった。あの人、あたしを殺すっていうの、お願いだから外へ連れてって。そう言って縋りつく女を篠原は邪慳に振り離すこともならず、下から見上げている女の眼を避ける風に横を向いた。すると、男は初めて口を切った。あなたはなんですか。抑えた怒りで語尾が震えているのに、――僕はアパートにいるものです。篠原は女の手をどけて、そう言うと、――僕はこの女の亭主ですが。男が言いかけた途端、女は篠原の背後にヒョイと隠れ、篠原を楯《たて》にして首だけ横へ突き出し、ウソ、ウソよ、あんたはもう私と何の関係もない人よ。男はそう言われると、口惜しそうに下唇をふるわせ、そしてそれを見せまいとして前歯で唇を嚙むと、女をグッと睨みつけた。ほら、あの眼、あの眼で私を殺そうというの、ネ、ネ、お願い。女は篠原の背中を叩いたが、その女の態度はたとえば牛をいよいよ怒らせるために赤い布を振り立てているようなものであった。篠原は、——まあ、あっちへ行ってと女を向うへ押しやる様にして、男の方を向いて静かに坐った。男はそういう篠原を見ると、同じ男性の立場から訴えるといった悲痛な声で、——あなたは同じアパートにいるから、この女の今の生活を御存じでしょうが、別に不足のない私との結婚生活を棄てて、この女は何故現在の様な穢《けが》らわしい生活にはいらなくてはならないのでしょう、何故でしょう。今まで幾度も誰彼となく言いなれていると見え、男の口調には科白のような復誦的《ふくしょうてき》な滑らかさがあって、篠原は可笑しいより却って気の毒な想いで、至って律義そうな相手の顔を見詰めた。眼と眼の間がせまっているのが彼の細面の顔から幾分気品を奪っているようだが、このように怒りで歪んでない時の彼の顔は中流育ちの上品さを湛え、そしてつつましやかな端麗さを持った好ましい顔に違いないと見られた。彼女を現在世話している五十男というのは、そのデッかい鼻からはじまって顔が出来たといっていいような、ぶざまな顔をし、その鼻も酒で赤く焼けていて、いつもテカテカと脂を浮ばせていた。身長よりも肩巾の方が大きいのではないかとさえ思われるいかつい身体をノッシノッシと上へ運んで行くのを、篠原は階段の下から見たことがあるが、それは全く闘牛の感じで、醜いとかなんとか、そんなありきたりの所を超絶したものであった。篠原はその時彼女に、なにも、あんなのの世話にならんでもと言った事があった。あんなのって？　と彼女は率直な顔付で言った。あんな、いい年をした物凄い……。皆まで言わせず、彼女は、駄目ねエ、タッちゃんはと、招き猫のような恰好で手を振って、なんにも知っちゃいねえな。そう言って彼女は面白そうに笑い、公開を憚る事柄をズケズケと言い、あたし、お金にだけ惚れている訳じゃないわ。フーンと流石の篠原も腕を組むと、彼女は得意そうに鼻を蠢かし、あたしの前の亭主みたいな、あんな生ッちろい顔をした若い男なんか、おまけにお金まで無いんだから、駄目、駄目。——扨て、その生ッちろい顔をしたところの彼であるが、彼はなおも篠原に訴えつづけるのであった。これがです、と彼は生唾をのんで、これが若し世間によくあるような、僕が働きのないのらくら亭主で女房を外に出して稼がせているとか、そうでないにしても僕がひどい薄給で女房に世帯の苦しさをなめさせているとか、そんなのだったら、明子（女の名）が逃げて行っても、僕は仕方がないと諦めます、僕から離れた方が明子の幸福だというのなら、僕は我慢します、ところが、僕のはそんな訳じゃないんだ、明子が不足いうところはすこしもない、だのに、こんな穢らわしい……。——穢らわしいナンテ言わないでよ、大きなお世話だわ。彼女はむき出しの寝台に腰をかけ、足をブランブランさせながら喚いた。お前はこんな生活を、こんな妾ぐらしを穢らわしくないとでも思っているのか。男はキチンと坐った膝の上で手を切なさそうに揉んでいた。僕になんの不満があるんだ。——くどいわね、幾度も言ったじゃないの、何から何まで不満なのよ。——もう一遍言ってみろ、どっちの言い分が正しいか聞いて貰う。——あんたから言いなさいよ。——よし、言おう、あの、篠原さんとおっしゃいましたね、篠原さん、ひとつ判断して下さい、僕は銀行から百円の月給を貰っています。——九十五円じゃないの。——百円と言ったって同じだ、僕のサラリーは薄給でしょうか、これでは世帯をやって行けないものでしょうか。——さあと篠原は言うよりほかなかった。——百円でジメジメ世帯をやって行くより、百円をみんなお小遣いにできる今の方がずっといいわ。彼女はそう嘯いた。――それはそうかもしれない。彼はにがにがしげに、唇を歪めて、だけど、真の幸福はどっちにある、篠原さん、僕たちは恋愛結婚をしたんです、楽しい結婚生活が幸福か、それともこんな日蔭の……。――日蔭じゃないわね、この方がずっとのびのびしていて、幸福だわ、一日家に押し込められていて、神経質なあんたなんかの御機嫌をとっているのよりずっといい、遊びたい時には自由に遊びに行けるし……。――そんないい気なことを言って年取ったらどうする気だ。――ちゃんと貯金しているから心配御無用、それに洋裁をならっていますからね、あんたとなんか一緒にいたら一銭の貯金もできないじゃないの、大きなことをいうけど、あんたと一緒にいて、もしあんたが死んだりしたら、残ったあたしはどうなるの、乞食でもしなくちゃならないじゃないの、楽しいの幸福のって言うけど、それはあんただけのことだわ。

読者よ。二人の会話をここで中断する不躾を筆者にゆるされ度い。筆者はなんとも胸糞がわるくなって、もはやこんな忌わしい会話を忠実に書きとめる苦痛に堪えられなくなったのである。即ち脆弱な筆者は、この男女のいずれかを正しいとし、どちらかに筆誅《ひっちゅう》を加えようと思っても、哀しい哉《かな》、その力を持っていない。されば徒らに息苦しいのみで、それからのがれる為にはただ筆を転ずる以外にせんすべを弁《わきま》えぬのである。左様、篠原に是非をきいて見ようとも思ったが、篠原も亦苦痛に嚙まれた表情である。篠原はこの場をなんと言っておさめたのか、筆者は残念ながら、聞き洩らしたが、やがて彼女の部屋を倉皇《そうこう》と立ち去ると、自分の部屋に駈けこみ、昂奮した口調で鷲見に事の輪郭を伝えた。鷲見は、ケシカラン、実に不道徳きわまる売女だと卓を叩いた。然し、純真な青年鷲見君よ、売女は彼女だけではないのだ。このアパートは、こうした人生観を抱いたところの、年若くしてしかも眉目麗わしく、通常の女以上に教養も高い女性でいっぱいなのだ。そして、それはまたこのアパートだけのことではないに違いない——。

筆者が思わぬ長話をしていた間に、新橋駅で前田芙美枝を待っていた篠原辰也は既に彼女と千疋屋で食事をすまし、銀座の通りを歩いている。彼女は前にも書いたが、その大きなクリッとした眼を実に活潑に絶え間なく動かす割には、その口の動きが鈍かったから、記すに足るべき会話が篠原との間に別段取りかわされなかったのは幸いであった。彼女は親から与えられた名としては文枝というのがほんとうであったが、高名な女流作家の名を真似て今では芙美枝と直している。芙美枝の家が「ひさご」でなく、ビリヤード・ヒノデであった時分からずっと彼女を追っている某文学青年が彼女に言って、そう改めさせたのだが、彼女も亦幾分文学少女気取りであったのだ。だが通常の文学少女のように蓮ッ葉《はすっぱ》なおしゃべりでないのは、彼女の好ましい性格のせいであった。そのかわりに、大きな眼が時にはキョロキョロとして口以上の饒舌の作用をしていたが、それは彼女が幼い時から家でゲーム取りをやっていて、紅白の球の動きを見遁すまいと眼を酷使した為の哀しい習慣であったろう。落着きのない心のあらわれだとするのは気の毒だと思われる。

用事がすんだら、映画でも見ましょうか、それとも……。芙美枝の横顔を盗視《ぬすみみ》しながら篠原が言うと、芙美枝は真すぐ向けた顔はその儘、その大きな眼をくるッと篠原の胸許《むなもと》へ向け、そして唇辺を微笑で綻《ほころ》ばせて母親ゆずりの糸切歯をのぞかせた。郊外へ散歩に行こうかと篠原は、例のすばやい手を出しかけたのだけれど、芙美枝のその眼は出しかけた手を逸早く見てとったように感ぜられ、篠原はあわててひっこめる気持で、ソッポを向いた。篠原は、どうもこの眼のために、手の出し入れがひどく不自由であった。彼はかなたの灰色の空に、アドバルーンがふわりふわりと浮いているのに眼をやりながら、この女はもしかすると処女かもしれない、どうやらそうらしいぞ、そして男というものをよく知っている処女、早い手を用いたがる男に、環境のせいで、いつも囲まれてい、手の動きをすぐ見抜くことができる一種の不幸の故に、男のできない女、――手などすこしも出さない振りして、矢庭に虚を突く、そんな手ででも用いないと落ちないかな、そんなことを考えていたうちに、四丁目に来た。赤い電灯が出ていて篠原は立ちどまり、数寄屋橋の方を見ると、新婚の若夫婦が日曜で銀座に出てきたといった風でこっちに歩いてくるのが眼についた。見ると、それは、ずっと会わなかった高等学校の同窓生なのに気付き、よオと篠原が無遠慮な声をだすと、すっかり銀行員の風貌に成った相手は、気障な洋服をきこんだやくざ者のような篠原にドギマギした眼をむけ、そしてその眼をすぐ横にむけると、しばらくでしたとわざとらしい鄭重《ていちょう》な挨拶をした。細君は顔をあからめ、良人《おっと》のうしろに身をかくすようにしてその顔を伏せていた。篠原は冗談のひとつも言う心算であったが、ニコリともしない旧友の顔に、じゃまたと言うと、くるりと身体をかえした。そして暫くして振り返って見ると、その銀行員が猫背のようにして、細君になにかコソコソ言っている後姿が見られたが、あいつゴロツキみたい奴だよといった、何れはあしざまの噂でもしているのだろうと篠原が唇を歪めているその顔を、案の定、細君がチラと振り返って見た。その顔はどこかで見たことのある顔だと篠原は思った。第五節で語った友成が学生時分に同棲した智恵子という女と同じ顔立ちであったのだが、篠原は今は思い出せなかった。それより彼は、その銀行員の後姿に例の明子の先夫を思い浮べていて、明子の先夫みたいにあいつも泣かされるといい気味だとおもったが、智恵子に似たその細君は、どうも見たところ、明子のような女ではないらしいのが口惜しかった。篠原は不機嫌な顔をして、車道を横切った。――神戸の父親から花嫁候補の写真がいくつか、アパートへ送ってきてある。嫁を貰えということは、東京のぐうたら生活をやめて神戸へ帰ってこいということであった。帰ってもいいな。篠原はそう思い、そして芙美枝の方に眼を移したが、帰る前に、芙美枝をものにしてという眼付であった。

文房具店が大きくなって今ではデパートになっている、とある銀座通りのビルディングに、篠原ははいって行った。そこの宣伝部と打ち合わせがしてあって、秋の流行品の宣伝写真を芙美枝をモデルにして撮ろうというのが、前に言った用事なのであった。

その写真をデパートは売場で使い、篠原は「ヴォーグ」に使うのである。宣伝部は七階にあり、エレベーターにのると、かねて馴染のエレベーター・ガールが篠原さん、昨日の昼間、あの人ひとりでここへ買い物に来たわ。――あの人ッて。篠原が言うと、アーラ、とぼけてるわ、とエレベーター・ガールは言ったが、篠原は事実、誰のことか分らなかった。エレベーター・ガールは秋子のことを言おうとしたが、篠原に背中を突ッつかれ、片眼をつぶって口を閉じた。

――

扨てこの日は更に一組、友成達雄と赤ダコとの逢曳《あいびき》が行われているのだが、その情景も語らねば片手落の譏《そし》りを免れぬであろう。それは次節に譲ることにいたし度い。

ちょっと、蛇足を加えるならば、篠原がこのデパートへはいってきた時、松下長造の女房がマネキンとして丁度一階の売場に立っていた。だが、お互いに顔は知らないのだから、前を通っても分らない訳であった。

第十節

赤ダコの胴体は牛乳瓶のように丸く、腰のくびれが全くといっていいほど無かったから、どこから足がはじまるのだか分らない、ずんべら棒の身体をしていた。友成達雄がドイツから連れてきたマルタという女は反対に、身体の部分がその特徴をお互いに示し合っているような屈曲に富んだ身体であったから、その違いが友成にとって魅力であったらしい。二人は××温泉の、ひとつひとつ独立した家屋が適当な配置をもって一区劃《くかく》のなかに散在し、それがいくつか集ったその区劃が何々旅館と名づけられている、そうした旅館のひとつに来ていたのである。

ベタリといった恰好で彼女は畳の上に腰をおとし、そうして見ると彼女は背が低かった。「メーデル」のなかでは仲々高い方に属するとおもっていたが、足が長いせいであるらしい。友成は早くも好色の気持の動きだした眼付で、君は胴ながのヘンな身体だとおもっていたが、こうして坐らせてみると、そうでもないんだね。——アラ、あたし、胴なが ッてことないわ。彼女は安ルージュを塗りたてた唇をとがらせ、章魚《たこ》のような顔をして、そう言ったが、おどけたというより痴愚のような感じの語調は、それをうまく伝える術を筆者は知らないのである。

借りた部屋は——否、部屋でなく前述のような要領の独立家屋であったが、それは二つの部屋と便所と浴室とを持っていた。浴槽には怪しげな茶褐色の湯がはいっていて、家の隅々を面白そうに点検して廻っていた赤ダコはこの湯をみると、あーら、温泉ね、いいわね、あたし、はいりたいわと言った。よかったら、おはいりよ。そう言う友成の声は少しくふるえていた。そう、じゃア、さきに失礼してよ。そう言うと彼女は鎖形のベルトを外し、あら、向うをむいてよ、いやだわ。よし。友成は背をむけたが、すぐさま彼女が洋服をぬぎはじめたさわさわという音が彼の背中を異様にくすぐった。聽てバシャンという大きな音がした。身体を濡らさないで、飛びこんだものらしい。友成の頬に苦笑が漂い、浴室の気配に耳をすます恰好に首を傾けると、浴室から歌がきこえてきた。それが途切れると、いいお湯よと言った。はいらないかという謎のようであったが、友成はそうかいと答えて、立ち上ろうとせず、座蒲団を枕にして横になった。よし、俺もはいろうと言えるほどの二人の今迄の交渉ではなかったからだ。一緒に映画を見に行ったり、食事したりしたことはあったが、今まで友成は彼女の身体に手を触れたことはなかった。

友成が学生時分、智恵子という女給と同棲するようになった事情、それから彼がドイツへ行ってマルタという女と同棲するようになった事情、それらには共通した友成の受動性があった。女の方からもちかけられると、はっきりは言えないまでも、女にある焦燥を感じさせ、通常は男の方で導く可き決着へ女がかわって友成を引張って行かねばならぬ心もちの破目に女を陥らせる、そうした受動性である。——この日、友成は赤ダコと資生堂で落ちあい、郊外へでもドライヴしようかと言ったが、彼女をどこかに連れ込もうという魂胆ではなかった。いいわね、と彼女は言い、アイスクリームの匙で舌のさきを二つ三つ叩いたのち、××温泉へ行かない？と言った。僕は名前はきいているが、まだ行ったことがない。——名前というのは、女と行くのに恰好だという噂の意味である。——君は行ったことがあるの？——あたしも名前だけきいているの、一遍遊びに行ってみたいと思っていたの。友成はダンヒルのパイプのさきで唇をつつきながら、相手の顔を見詰めると、赤ダコはまことに無心な顔付で、アイスクリームを少しずつ取っては、口のなかに運んでいた。上品な食べ方というのでなく、貧しい子供がおいしいものを楽しみ惜しみつつ味わう、あの按排であって、匙を受ける瞬間の唇の開き工合は鳥渡《ちよつと》、痴呆的《ちほうてき》であった。彼女は福島在の僧家の娘で、僧侶との縁談をきらって家出し、今は断髪洋装の姿で酒場の女給をしているが、その顔容振舞《ふるまい》には、どうもちょいとハ、ハ、ハーちゃんだねと客に言われるところがあるのは、第三節でしるした如くである。幾代かの血のつながりのなかに積りつもった安逸《あんいつ》と悪徳の澱《おり》が、そうした彼女のうちに窺われるのであったが、僧侶の勘定高さも等しく彼女のなかに計ることができた。あの女《こ》はすこしコレもんだねと客がその蟀谷のあたりに人差指をくるくると廻転させると、どうして、どうして、あの人、とってもガッチリ屋よと「メーデル」の女たちは口を揃えて反駁《はんばく》してくるのだが、アの字こと秋子の、赤ダコがいかにチャッカリしているかの長々しい説明の言葉は既に紹介ずみであった。左様に赤ダコが一見、ぼうッとしているようであって、金銭に対する執着だけは頗るはげしいのは、しがない女給生活がそうさせたのではなく、僧家のしみッたれた生活が、幾代かの性格におのずと滲みこんだものの血液的なつながりとして、そうなのであるらしい。所謂場ちがいのカフェーはしらず、「メーデル」の在る場所は銀座裏の酒場というものを代表的にしめしている店の立ち並んでいる区劃でそうした酒場の女たちは虚無的な雰囲気を色濃くその生活、その肉体から放っていて、金銭に対する執着にまるで乏しいのを常とした。金銭を軽蔑するというより金銭に対して、――つまり生活に対して全く無関心なのだが、赤ダコはその例外であろう。「メーデル」の女のなかには、男から男へと容易に身を投げ、それで金銭的報酬を得ようというのではなく、さりとて享楽といった意味からも遠く、いつだってつまらない顔をしているのがいた。放縦というより、あらゆることに対して nil admirari なのであろう。

赤ダコの自分から身を投げてくる姿勢を、友成はどう受けとめていいかとちょっと迷った顔で、銀座を歩いた。同じ道を少し遅れて篠原は芙美枝を連れて歩いていた訳である。昭和通りへ出て自動車を拾わない？　赤ダコが言った。そして二人は××温泉へ来ているのである。赤ダコは自分に惚れていると、そう簡単に考えることのできるほど、友成の心は幼くなかった。金のためだろうか。そうはっきりも言えないところが彼女のうちにあった。彼女は金銭に対してばかりでなく、自分の身体に対してもガッチリと構えているという評判であった。ところが、その日、彼女は無雑作に身体を投げ出した。アッという感じであった。左様アッという感じだけしか残らず、それはマルタの肉食人種らしい愛情の濃さになれているためかともおもったが、これは全く人形のようであった。――彼女は恬淡とした顔付で葡萄《ぶどう》をひとふさ、紫檀まがいの卓の上の皿からつまみあげると指の先にぶらさげて濡縁に出、そこにしゃがみ込んだ。ペッ、ペッといって、葡萄の種を飛石の並んだ庭先に吐き散らしている彼女の後姿を、友成は枕に顎を置いて眺めていた。あたし、マネキンになろうかしら、彼女は向うむいた儘、言った。友成の頭に松下長造のことが浮んだ。――マネキンは稼ぎがいいんですってね。――さア、どうだか。――酒場より、キットいいわ。――稼いでどうするんだい。――貯金するの。――貯金？　貯金なんかしてどうするんだい。――あら、あんた貯金してないの。――してないよ。――駄目ね。彼女は種を吐いてから、大きな眼を此方へ向けた。マネキンになるんだったら、口をきいてあげてもいいよ。――知り合いがあるの。――友達の女房がマネキンだ。――綺麗な人？――ああ、大変な美人だね。――あら、困ったわね。――どうして。――あたし、綺麗じゃないんだもの。――ほう、赤ダコでも謙遜することがあるのかね。――あんた、あたしのこと綺麗だとおもっているの。――仲々綺麗だよ、綺麗というより可愛いよ。――ウソばっかり。――ウソじゃない。――ウソよ。――ウソだったら、好きになる訳ないじゃないか、好きでない男が君と、こんなことになるとおもうかい。――あんたはあたしが好き？――大好きだね。――あら、そう、嬉しいわ。彼女が飛びついてきた。だが彼女の顔には、情熱の輝きといったものはなく、依然として人形のようであった。けれど、それは娼婦的なひややかさでもなかった。その癖、彼女はすぐと、こう言った。――あたしがそんなに好きだったら、アパートの部屋代をあんた、もってくれない？　そして彼の返事を待ち受ける表情として、彼女はポカンと口をあけていたが、彼は決してあきれることが出来なかった。

それから、――彼が彼女のアパートの部屋代をもちはじめてから三月ばかりになった。既に冬である。冬らしい、ある曇り日に友成達雄は赤ダコが妊娠したことを知らされた。うれしいわ、ベビちゃんができるのよ。――そんなにうれしいか。彼はチョッキのボタンをいらいらといじっていた。とッても嬉しいわ。彼女は眉をあげ両手でおなかをおさえた。夏から釣りっぱなしの風鈴が窓の外で鳴っていた。

赤ん坊といえば、小関の妻豊美は夫に似たひよわな子供を生んでいた。


そして篠原辰也、松下長造にそれぞれの変遷があるのであるが、そのいちいちに就いて述べているより、彼等は聴て一堂に会する機会をもったので、その席上に於けるおたがいの会話からその動静を知るところありたいとおもう。一堂に会する機会というのは即ち沢村稔追憶会のことで、彼等が高等学校時代によく出入していた本郷の切通《きりどおし》にある某牛肉店の二階大広間に、牧野晃夫等の肝入りで会が開催せられた。

彼等はすべて感慨ふかい面持ちで、学生時分に馴染の深かったこの牛肉店へと集ってきたが、松下長造にとっては殊に想い出ふかい場所であった。彼が当時柔道部の部員として蛮勇の名の高かった事情は、第六節でしるした通りである。柔道部は学生の各級から柔道の代表を選んで対級試合をやる。通称「組選」という催しを春秋二季に行っていたが、その優勝の祝賀会、さては負けた慰労会、その他「組選」関係でなくても、いろいろな名目をつけてなんだかんだで、鯨飲会をこの牛肉店でひらいていた。その鯨飲会に、松下は欠くことのできない所謂豪傑的な存在として輝いていたのである。酔うと、彼は意気軒昂《いきけんこう》たる肩をはり、筋骨隆々たる腕をふりまわして高吟する歌が、——漢の高祖も秀吉も、天下とらなきゃただの人——すなわち、彼は未だ学生の身分であって、天下をとる可き状態に置かれていない、ただの人ではあるけれど、今に見ているがよいという、奮いたつ心を、やがて、ドシン、ドシンと四股《しこ》を踏む恰好に示し、牛肉店の二階はギシギシと軋《きし》む。女中がはらはらして、広く張り高く揚げた彼の片足を、長さん、まあまあと言って、胸のうちに抱き込んで抑えるまで、彼の昂奮はやまないのであった。ねえ、長さんと呼ばれるほど、彼は女中に親しまれていると自分ではしていたが、女中の方では、松下がやってくると、案内の女中がその後姿に向って、鼻をつまみ、その秘かなしかめ面を朋輩にも示して、いやアねと合図を交し合う、そんな存在であった。それを知らない彼は、快い弾力のなかに片足を包まれると、ああ、よしよしと鷹揚に頷き、足だけではなく身体も抱かせてやろうかという意味の卑猥な言葉を女中に投げ、ワッハッハッと大笑する。——筆者がさきに特に「組選」と言ったのは、同級の学生たちが強制的に出席させられる「組選」の会は特に、彼の睥睨の欲望を満足させることが強く且濃かったからである。そのなかには、現在ではS—県の特高課長になっているM—が、近視の眼を鉄ぶちの眼鏡のうしろでショボショボさせていたのをはじめとして、今はいずれも時めいている連中が、ああいう人たちの学生時代らしいおとなしく地味な存在として、豪傑長公の振舞に臆病な迎合的な眼を向けつつ、非力の肩を落した恰好で居並んでいるのを、松下は豪然と見おろすことができた。天下とる気概は自分にだけあり、その気概の故に、機会も当然恵まれていねばならぬとして、松下は彼等を軽侮の眼を以って打ち眺めていたのであったが、さて、現在となってみると、どうか。松下はしがない保険の外交員であり、彼が軽蔑していた人々は、いずれも適当な栄達をみせ、そうした彼の哀しい羨望と嫉妬のおもいは既に第八節で書いた。——以上によって、その牛肉店にはいってきた時の、彼の表情は、容易に想像できるであろう。

女中はみな変って了ったらしく、見覚えのない顔ばかりである。高等学校の連中は相変らずここで騒いでいるかい。二階へ案内する女中にきくと、あまり、お見えになりませんという返事に、岸を変えたのかな、俺らの時はここばかりだった。——昔の学生さんはお元気だったそうですが、この節の方はみんなおとなしい方ばかりで、余りよそへもおいでがないようです、ここへお見えの時も、——と女中は黒い小さな顔に狡るそうな笑いを浮べて、——ヘンなお話ですが、酒は余りいらないから、肉の方を多くしろナンテおっしゃって、昔の学生さんとちがって、今時の方はとってもチャッカリしていらっしゃいますわ。——いかにも、酒をのんでくれんと儲からんからな、俺らのときは随分儲けさしてやったもんだ。——昔などといわずに、今からでもいらっしゃって下さいな。——金がない。松下は、そしてハッハッハッと笑ったが、その笑いにも昔日の元気がない。

彼はここへ来る途中、脂を浮ばせた頬を、ある希望でニヤニヤさせていた。沢村稔追憶会に出てくる旧友を順次つかまえて保険に入れさせてやろうと考えたからで、するとと、彼等が網のなかにはいってきた魚のように見え出し、しめ、しめとつぶやいていたのだが、この店へいざ来てみると、かかる快心の笑みは彼の心から消え去っていた。もとはその旧友たちを睥睨していた自分の姿が、おもい出ふかい廊下を歩いていると、まざまざと想起され、今の自分がいかにもみじめったらしい敗残者に考えられ、敗残者らしい根性であったと自己嫌悪を覚えたのである。そして広間に通されてみると、集っている連中は、彼がもし保険勧誘ののぞみをそこ迄持ちつづけたら、きっと落胆したにちがいない種類の旧友であった。なるほど同窓会ではなく、沢村稔の会であってみれば、それは当然な訳だが、そこには嘗つて左翼運動に多少とも関係のあった友だちだけが参集していて、S——県の特高課長といった栄達的方面に存在する知友の顔は一人も見られなかった。そしてその参集者の間には、ふたつの空気が流れていた。ひとつは篠原たちの醸しだしている空気である。安手の盆栽の置いてある床の間に近い部分に於いて、不貞腐《ふてくさ》れた立膝をしたり、だらしなく卓に肘をついたり、うしろにぐったりとのけぞらした身体を蒼白く細い手で支え、憂鬱にしかめた顔を肩骨にもたせかけていたり、精神のくずれをからだにもあらわさないと済まないような恰好で群っているあたりに、それは漂うた空気である。沢村稔が自殺したという、そうしたきびしい現実から眼をそむけたい、左様、今は、沢村稔の自殺をもふくめた、すべての現実からヤケな顔をそむけている彼等の、こうした会での姿勢は、市井のやくざもののような不貞腐れた恰好にならざるをえなかったであろう。こうした一群に対して、部屋の反対側には、眉をキュッと寄せた顔を項垂れた風ではなく下へさげ、キチンとした坐り方で卓に向っている一群がみられた。いまは手も足もでない状態にはいるけれど、そのことのために心を乱し崩すことの決してできない人々であった。篠原たちの方の空気は賑やかなおしゃべりや笑声で絶えず揺れ動いているのであるが、この方の空気は冷く淀んでいて、その人々の顔には不愉快の表情が、暗鬱な翳となって色濃くさしていた。――松下が篠原たちの方へ座をしめたのは言うまでもない。

松下は小関が自分の隣りをすすめたので、そこに坐ることにしたが、そういう小関の振舞には、松下に対する親愛のあらわれ以上の、なにか浮きうきしたものがあり、その顔も嘗つてない晴れたものであった。元気だな。――松下が言った。うん。小関は頷いて、ウフフと独り笑いをした。なにか言いたくて仕方のないものがあるのだが、抑えているという顔である。誰にも知られず素晴らしいことを、ひそかに行って、その誰も知らないということを心で楽しんでいるようであった。――いやな奴だ。松下が言うと、篠原が、――小関はさっきから変なのだ。赤ん坊ができたのが余程うれしいらしい。小関は、白い手頸をクナクナさせて振り、――ちがうよ。――じゃ、なんだい。篠原は立膝を両手で抱え込み、その上に顎をのせた。小関はニヤニヤしているきりである。左様、彼はこうなんだと言う訳にはいかない。篠原の恋人であった秋子と、この二日前、とうとう小関は肉体的交渉をもったのである。嗚呼《ああ》、なんと、それは素晴らしいことであったろう。ながい間かかって、秋子を到頭得たということが素晴らしいだけではなく、又秋子の肉体が素晴しかったということが素晴らしいだけでなく、――小関はいつも自分を脆弱な卑小なものとしか見させない自分自身のいわば肉体的な眼鏡、そいつも遂に捨てることができた。篠原を苦手と感ずる被圧迫感からここに於いて免れることができた。ただに、それは篠原一個人に対してではなく、誰に対しても大きく言えば世界に対しても彼を卑下させていた自己劣弱感から彼を救った事件に他ならぬのであった。だが、それを小関は篠原の前で披露する訳には行かなかった。

丁度その時分、秋子はアパートで部屋の整理をしていた。静岡へ帰るためであるが、それを小関に知らしてない。小関に許したのは彼に心動いたからではなく帰るについての置土産といった顔で、別に感傷に心いたむ風でなく、トランクをつめていた。彼女は篠原が前田芙美枝と結婚して、近く神戸へ一緒に行くという話を聞いて知っていた。芙美枝は要領よくうまいことをして、自分は下手だった、損をしたという感慨はもはやなかった。なるようにしかならぬ。今はただ静岡へかえって、兄の顔を見て新しい成行に自分をまかせたいのであった。足の小指が痒いので、彼女はしらずに掻いていたら、痛みが加わり、見ると小さい霜焼であった。静岡ではこんなに早く霜焼ができることはなかった。

――酒が席にくばられた。牧野晃夫が身体を上へねじ上げるような恰好で、モソモソ立ち上って、赤い縮れ毛を掻きむしりながら、これから「黒馬」の追憶会をはじめる旨を、前歯が二本かけて息の洩れるためだけではないらしい、不明瞭な発音で言った。開会の辞といったものが彼には照れ臭いというより苦痛で口がよう廻らぬ風で、——ひとつ、やって下さい。そう言うと、ドタリと坐り込み、何がひとつやってくれだか、彼には勿論、誰にも分らぬ様であった。松下はこういう場合の習慣として拍手をするため手を前に出したが、妙な雰囲気は誰にもそういうことをやらせようとしていないのに気付き、彼は恰好のつかない手を、そこで、致し方なく握り合わすと、揉み手をし、さあ、飲もうぜと言った。だが、その掛け声にだれも、よしと応ずるものはなかった。即ち、だれも、この会の目的といったものをはっきりのみ込めるものはなかったので、開会を告げられる迄はガヤガヤとしゃべっていたものも、ここで急に浮かぬ顔になったのだ。牧野晃夫の通知には、沢村稔が死んだのでその追憶のための一夕をもちたいと書いてあり、旧友の無残な自殺を考えると、その追憶会に出席してせめて彼の冥福を祈らねばならぬ切実な気持に誰もなって、こうして参集して来た。たとえば、篠原もその一人であり、通知を貰ったとき、その通知の文面は会の主旨を明瞭に語っていて、些かの疑問もなかったのであるが、こうなってみると、何の為に坐っているのか、次第に自分が朦朧とした暗鬱に包まれてくるのを感じた。すなわち、これが数年前であったら、こうした会を何等かのアジ・プロに利用できる気流に未だ恵まれていたのであるが、いまとなってはそのために開かれたとは察せられない。たとえ、そうだとしても、であったら牛鍋をつつき酒をくみかわすというのは、内輪の間ならまだしもとして、こう多数の人が参集する場合には、インテリゲンチャの反省的慣習としてちと不適当と考えられる。ただ漫然と寄り集って、故人を偲《しの》ぼうというのだろうか。すると、偲ばれるのは故人でなく、自分であった。それは苦痛を呼んで、篠原の唇は自然と不機嫌に歪められて行った。誰のための会だか分らない！

牧野も、こうして会をやってみて、初めて見当がつかなくなったらしい一種ヤケな声で、

——順々に追想を語らんかね。しかし誰も、自分から口を開こうとするものはなく、黙々として盃を口へ運んでいる。一体なんのために追想を語るんだ、そういう顔であった。

まあ、そうあわてんでも、飲んでからしようや。喫茶店の主人であるB—が言った。世なれた彼は、そう言って、重苦しい空気に救いを入れたのである。沢村稔は同級のB—が大学を卒業すると共に東中野にひらいた喫茶店のコックを嘗ってやっていたのだ。ここでちょっと、沢村稔の略歴をしるそう。彼は岐阜県山県郡《やまがたぐん》厳美村《いずみむら》に生れた。小学校時分、名古屋に移り、中学は愛知県明倫中学校に学び、震災の年に卒業して上京。翌年、高等学校に入り、ボートの「組選」を漕ぐ。「黒馬」の渾名を得たのはこの時である。三年の時、ボート部マネージャーに挙げられたが、その頃から漸く思想に関心を持って、猛烈な勉強をはじめ、東大経済学部に入学とともに直ちに新人会に加入した。そして経済学部一年学生大会代表の一人として活躍し、やがて第一回都下学生自治協議会東大代表として出席し、秋には豊島園の新人会の会合で検挙された。前述の「関金」京橋支部へ現れたのは翌年の五月であった。そして彼がB—の喫茶店へコックとなって身を寄せたのは、翌年経済学士の肩書を得てからで、留置場で害《そこ》ねた健康をそ

こで癒《いや》すためであった。「黒馬」こと沢村稔のコック振りは、なかなか堂に入ったもので、「黒馬」の提唱によって喫茶店のメニューに、カレーライス、ハムライス、チキンライス等が新たに書き加えられ、その調理を彼はまことに巧みにやってのけた。料理法をどこかで別に習った訳ではなかったが、素人料理の域を脱したものであった。あらゆることに細く神経が働き、どんなことでもよく観察して知悉《ちしつ》している彼が、そうしたコック振りからも窺い得たのである。だが、彼は健康を回復し気力の衰えから立ち直ると、やがて喫茶店を出て、運動へ戻って行った。そして今度は捕えられると刑務所《ホンケ》へ廻された。——転向を誓って、出てくることができ、行政裁判所の臨時雇を経て、競馬場に勤めるようになった。どうして自殺したのか遺書がないので分らないが、また細君も見当がつかないといい、こういう場合に便利な言葉である神経衰弱というのが持ち出され、納得の行かないところを、それで納得させねばならなかったが、或は第九節に紹介した篠原の想像が当っているかもしれない——。

順々にやってくれないか。牧野が赤い縮れ毛を顔の前に引張りさげながら、再び言った。Y—君、先ずやってくれないか。ただ酒をのんでいるだけでは、どうにも工合が悪いといった声である。よし。Y—は牧野に同情した眼を送り素直に腰をあげた。酒をのみつけないらしい顔がもう真赤で、鼻だけが白々としているのが奇妙に見えた。Y—は前述の、篠原などと違った空気を作っているグループの一人であるが、——彼がこの時、幾分吃り気味の口調でした演説を、ここで筆者が誤りのないよう、小心翼々として書きしるすよりは、例の「黒馬」の追想記の一部を抜萃《ばっすい》した方が、演説の内容を暗示する上に、より正確を期し得られるであろう。「（前略――「黒馬」に対する個人的な愛情を述べた文章ののち、以下につづくのである。）……僕はただ才腕を持った沢村君が、我々の意図する新しきものの生誕のための運動の中途にあって、困難険岨《けんそ》の道を登る根気と敢然たる気性を持ち合さなかったことを悲しむのみ。とまれ、沢村君は遂に斃《たお》れて往った。たとえ彼がプロレタリア解放の運動の上に残した足跡は小さかったにしても、彼も地固めのための捨石になったとは言い得るだろう。僕は少なくともそう考えたい。――（中略）――解放の日は遠い。捨石となる仲間が今後どれ程出るか知れない。然し僕はそうした時、沢村君を思い出すであろう。沢村君のとった手段は断乎《だんこ》排せねばならぬから。」

そうだ。Y―が口火を切ってくれたのでY―ののちに、坐った順に一人一人立たせられて、聴て、比較的円滑に行われた追想談、――と言っては、はみ出る内容のものもあるが、――それを、ここで一々紹介するかわりに、そのいわば代表的なものを追想記から抜萃して見たい。順序は勿論、会の順序にしたがいたい。

Y―のあとに立ったB―の言――。

「はじめて沢村君を知ったのは、例の三・一五直後、所謂三団体の解散、新人会の解散命令等のドサクサの中だった。彼は学生大会でレポーターのような事をやっていたが、息を切らして演壇にかけ上り、コップを握りながら、しどろもどろの演説を際限もなくつづける。僕はこんな下手糞な演説を生れてはじめて聴いた。A―君がとうとう、この人は昂奮していますから、あとでまたやらせることにして休ませて下さいと提議したので止めさせられた。この戦闘艦のようなゴツイ男はニタニタ笑いながら演壇から悠々と降った。だから最初の印象はゴツゴツした愛すべきオッサンと云うところだった。この極めて愛嬌のある第一印象は最後まであまり変らなかった。聞けば、半面、非常に気の小さい神経質な男だったそうだが、それは僕として初耳であって、僕は徹頭徹尾呑気そうな人間だと思っていた。」

次がS――の言――。

「確かに同君は徹頭徹尾インテリの弱さを持っていた。思想と実践の矛盾は、この自覚した知識人を充分に苦しめている様であった。同君の死の直接原因は知る由もないが、少くとも右の様な事情が今回の不幸の基底に流れているのではあるまいかと感ぜられる。僕も死というものについては考えさせられることが少くない。思うに、人生の問題は生か死か生くべきか死すべきかにあるのでは断じてない。仏教思想・キリスト教思想などには、生そのものを以って罪の連続、根源時罪（原罪）と為し、生きることに対して言わば否定的態度が見られるが、少くとも我等の実践の問題は生と死との二者選一にあるのでなく、いかに生くべきか、即ち生き方にあるのであり、死は我々の問題ではないのだ。何となれば、すべての問題を提起するものは他ならぬ生きんとする要求であるからだ。同君としてもその位のことは充分知って居られたに違いなかろうけれども、同君が思索の結論として獲られた『いかに生くべきか』は余りにも明瞭であっただけに、その知識人としての性格環境に不可能な責務を負わせた。この知識人としての矛盾があり、所謂インテリの悩みがあって、人をして死に親しませるのである。この意味で同君の死は一面真に良心的なものであり、怯懦な我々の鞭《むち》ともなるものである。」

次がZ──の言──。

「黒馬の顔は、お互に知り合って口をきくようになるもっと前から知っていた。高等学校へ入ると直ぐボートの組選に引張り出されて、毎日学校をサボっては隅田川へ通ったが、いつもその度に向島の艇庫には、あごの四角な頭の大きな男がいていろいろと世話をやいてくれた。初夏というには未だ少し早い頃だったが、紺のズボンの上に白い色のジャケツを着て、学生のように見えるが又そうでないような所もあったので、初めは艇番かなと思っていたが、そのうちに誰かが、あれはボート部のマネージャーの黒馬だよと教えてくれた。

いつだったか、レースのあった日に、何かのはずみで黒馬が河へ落ちた。岸へ這《は》い上ると、水の中で泳ぎながら考えておいたように、いきなり腕時計をはずしてすっかり水を拭きとった。実に落着いて細心な男だと思った。」

同じく高等学校時代の友人の言──。

「高等学校の時、僕は実に怠けもので、一度例のIさんの独逸語を一頁も読まずに試験を受けたことがある。何しろI先生といえばデカンショにも歌い込まれるほどの変り者と点の辛いので有名な人だが、その先生の試験を一頁もよまずに受けるなんかは無謀も甚だしい。後になってIさんが成績を読み上げたところ僕は案の定『零点』とやられたものだ。僕は流石に悲観して、ああ零点は俺一人かとヒヤヒヤしていると、先生は語をついで『沢村君零点』と言ったではないか。僕はホッとした。仲間があってよかった。——この時、前列にいた沢村が大きな顔を体ごとくるりと向けて僕を見、妙な笑い方をした。その顔がまだ見えるように印象に残っている。」

次は喫茶店の主人であるB—の番だ。沢村が喫茶店のコックをやっていた時の追想である。

「……夏といえば、その頃、洋服にしても和服にしても殆んど持たない女店員が一人いた。髪はお下げにしていたが、パンだか果物だかを買った時にくっついてきたゴムバンドで髪をたばねて店で働いていた。ある日のこと、彼女が照れ臭そうな顔をして重荷を背負ったような様子でギコチなく動いている。よく見ると、珍しい事に、彼女の髪が幅広い濃いグリンのリボンで飾られている。だが、一週間も経つと、件《くだん》の立派なリボンが埃と脂で黒光りする様になった。そうして再びゴムバンドに戻り、自由に振舞っている。後日、この事を僕は知ったが、沢村が自分のポケットマネーで、貧しい彼女が少しでも見映えのする様にと自分で見立ててリボンを買って来てやったのだ。そうだ沢村自身が苦労に苦労を重ねてきた人間であるが、我々の気のつかぬ細い処までよく気がついて心配してやっていた様だ。」

次に行政裁判所の黄色い顔した友人が、そこの友人代表として、予め用意した弔文をひろげて読み出した。——彼は多分の躊躇をその顔に現していたが、遂に意を決した風にして腕をあげると、朗々と読みはじめたのである。

「貧賤交不可忘《ひんせんのまじわりはわするべからず》とか――何人も真の生活を為し真情を訴え得るのは貧の境涯に踏み込んだ時である。貧の語こそ必ずしも経済的にのみ断ずべきものではない。身心共に貧の余等は賤の交を結ぶことの出来たのを喜ぶ。」

ここで彼は咽喉にからまる痰《たん》を払う為、中断せねばならなかった。そして、恐らくは裁判所の臨時雇たちが鳩首《きゆうしゆ》の末、苦心惨憺してこしらえあげたに違いない「名文」を朗読しつづけた。「名文」は座の人々の耳に、その厳粛めいた調子の故に、一種の諧謔を与えたが、それだけ苦心のほども察せられ、悲壮感もまた誘われるのであった。

「君と相識《あいし》るに至ったのは昭和×年春、流石かの古色蒼然《こしよくそうぜん》たる行政裁判所の一隅であった。君は弥生ヶ丘の春は夢と、(筆者註。高等学校の所在地は弥生ヶ丘というみやびた名をもっていた。) 丸ビル海上ビル銀座等々とビル街の人となるを好まず、否其の選に洩れたのであった。文化の誇、栄華の爆音は何所にと、転々と囀《さえ》ずる小禽《ことり》の音は姿を懐にせんばかりに緑樹の上を流れ来る、此の音こそは就職苦に窶《やつ》れた君には嘆息の姿であったろう。豁達《かつたつ》の氏、多趣味の君には、風流の人の好む境域こそ寧ろ慰安の地であったのである。執務の傍小禽の音を耳にする場所と云えば『仏法僧《ぶつぽうそう》』の音を聞かんと遠出する者の住む場所を想わせることであろう。しかし取扱う事総て権利義務に関することは蓋《けだ》し艶消でなくてはならぬ。君を訪ねる僚友の多き、律儀心に富む君は自ら導き其の足らざるところを余等に需《もと》められたのである。

君の親切なることは敢えて繰り返すの要なきも、昭和×年×月、競馬倶楽部に転じたる後も友情の厚かりしことで、其の一例を挙ぐれば友の死に際し時を移さず、遺族を慰め会葬せられたこと等々である。短日時の友誼か斯く親むる人ありや。

君の訃報は夢想だもしなかった。通知を手にした余等には、かの焦茶服で、古ぼけた薄暗い裁判所の一室に法制史を繙《ひもと》いていた姿を想ったからである。(筆者曰く、少々意味不明である。)

告別に列することのできなかったことは返すがえすも遺憾である。無情の風に誘われ白雲に乗じた君、今は語るに術《すべ》もなし。

嗚呼、有為の士短命なりしを悼む

行政裁判所友人一同」


顔を顰めて腰をおろした。こんなヘンな雰囲気のなかで、弔文を読まねばならなかった自分を憐れむ表情と見られた。

次に篠原に移ろう。その間、五六人あったが、省略する。

「友人というのは、ただ黙って向い合って坐っているだけでも、自ずと心が暖められる。こういう温度に、今日の様に暗くうす寒い空の下では、私達は絶えず飢え渇《かつ》えた状態に追いやられているのである。黒馬はそういう温度を能動的に積極的に私等に与えてくれる、得難い友人であった。黒馬無き後で、それが犇々と感ぜられ、消極的な与えられ方ではどうもみち足らず、黒馬の与えてくれた与えられ方に甘えたい気持に襲われてならぬ。——(中略)今年の正月、黒馬から年賀状がきた。身体はますます健康になり、精神はますます不健康になるとそれには書いてあり、彼が馬上豊かに打跨った英姿颯々のブロマイドであった。私も亦精神は頗る不健康、身体も亦連夜の深酒ですっかり不健康であった。私は近いうちに暇を見て、是非、空気清浄の競馬場へ清遊に赴き度い旨返信した。そして、それは遂にかなえられなかった。

私の所へはいろんな方面から年賀状がくる。宣伝を怠ってならない映画・音楽等の水商売の方々のそれは写真入りのがあり、私はついうっかりして黒馬のブロマイド年賀状を、その方の束に入れておいたところ、一悪友が家へ来た時、退屈紛れに彼はその年賀状を見た。ほほうこれは変った役者だ、どこの三枚目だいと、彼は黒馬の乗馬姿をつくづくと打眺めて、そう言ったのである。私はそれを黒馬に伝えようとおもっている内、黒馬は声のとどかない方へ消え去って了った。」

松下の言——。

「昭和×年の春、友人がやって来ての話に、彼が急性盲腸炎で今帝大病院に入院したとのこと。吃驚して馳《は》せつけて見ると、もう麻酔されている。手術は順調に行き、その後の経過も日増し恢復《かいふく》して行ったが、その時の彼の苦しみ様は、傍《はた》の見る眼も気の毒なほどだった。腹が痛いと怒鳴るかと思えば、犬がやかましいとぐずる。眠られんといって嘆くかと思うと、下宿の食物が悪いんだと攻撃し出す。平常は隠されている彼の弱い半面が残る隈なく表現された。(筆者註。松下自身のことを言ってるみたいだ。)彼が当時殆んど無一文状態だったことは友人一般に知れていたので、見舞にくる者が皆若干寄附して行く。病院の方は施療患者ということにして手術料、入院料を負けて貰う。あれやこれやで退院した時には、入院した時よりもずっと金持になって帰った。恐らく入院して金儲けしたのは彼ぐらいなものだろう。」

N―の言――。

「僕が彼を憶《おも》うて一番先に感ずることは、之で彼も楽になっただろうということだ。彼の死を聞いて最初の驚きの去った次には、何だか当り前の様な気がした。硝子が壊れたような感じだった。ある人はその脆《もろ》さは獄中の苦痛から来たものといわれたが、それは確かなことであろう。が彼の性格には所謂図々しさ、生活上のずるさが充分でなかった様に思われる。即ち生活の転向に、彼の律儀さは他の人たちと比較にならぬ強い障碍《しようがい》となったのであろうと想像されるのだ。

あの時代の我々は余りにも気楽に華やかに、そして足も軽やかに『戦闘的革命家』の花道を歩んで行きはしなかったであろうか。僕は自分の知る範囲に於てすら、この身体虚弱な志願将校の悲惨な結果が余りに多いことを心から悲しく思うものだ。」

E―の言葉――。E―はY―とおなじ空気のなかに坐っていた。

「自殺したと聞いて多少意外に思ったが、僕はそれを特別な事件とは思っていない。人間誰だってちょっとした機《はず》みで自殺ぐらいするものだ。問題は、彼が死ぬ前の時期を自殺に等しいような生活、確信を失った生活をしていたかどうかという点にあるだろう。それからもう一つ問題なのは、自殺によって、残された人々に多くの歎きを与えやしなかったかということだ。彼に細君があったそうだが、その人が気の毒だ。若し親があるとすれば尚更のことだから自殺などはあまりするものじゃない。

多くの人は、沢村君の死は反動期における行き詰ったインテリゲンチャの苦悶の象徴であると言った。大ざっぱに言えばそれに相違ないだろう。しかし若し、沢村君にしてその壁を突き破る努力を最後までつづけていたとすれば、そういう風に一概に言ってのけるのは故人に対して気の毒だ。彼は死ぬ半年ほど前まで階級のために或る程度まで尽していたのだから。——往年の戦闘的な気魄はなかったにせよだ。」

追想談が終り、座に新しく酒が持ち込まれた。

酔払った小関は沢村追想の意味で「故旧忘れ得べき」を歌おうじゃないかと言った。——コキュー？ 篠原が言った。cocu の意味に間違えたのだ。——コキュー忘れ得べきとはなんだ。——古い友達を忘れることができようか。Should Auld Acquaintance Be Forgot ……。小関が小声で歌い出した。——「蛍の光」じゃないか。——そうだよ、日本語にすれば「蛍の光」。——よし、沢村と離別する意味で、ひとつやろうか。

「蛍の光」がしめやかに歌い出された。そしてそれは、次第に座の全体にひろがって行った。どういう訳で「蛍の光」を歌うのか、皆は解せぬのであったが、矢張り歌いたい気持があった。歌うというより、口をあけて胸のモダモダを吐き出すような侘しいヤケな歌声であった。

〔1936年10月『故旧忘れ得べき』（人民社）初刊〕

P+D BOOKS ラインアップ

大陸の細道　木山捷平　●世渡り下手な中年作家の満州での苦闘を描く

変容　伊藤 整　●老年の性に正面から取り組んだ傑作長編

若い詩人の肖像　伊藤 整　●詩人の青春期の成長と彷徨記す自伝的小説

好きな女の胸飾り　舟橋聖一　●若き妻と学生を接近させる夫の屈折した心理

淡雪　川崎長太郎　●私小説家の〝いぶし銀〟の魅力に満ちた9編

女のいる自画像　川崎長太郎　●私小説作家が語る様々な女たちとの交情

P+D BOOKS ラインアップ

P+D BOOKS ラインアップ

遠い地平・劉廣福　八木義徳　●悔恨と哀しみに満ちた若き日々を回想する

冬の宿　阿部知二　●映画化もされた戦前のベストセラー作品

天上の花・蕁麻の家　萩原葉子　●萩原朔太郎の娘が描く鮮烈なる代表作2篇

閉ざされた庭　萩原葉子　●自伝的長編で描かれる破局へ向かう結婚生活

奇妙な青春　堀田善衞　●敗戦と米軍の占領下で変貌する日本人を描く

海軍　獅子文六　●「軍神」をモデルに描いた海軍青春群像劇

P+D BOOKS ラインアップ

達磨町七番地	獅子文六	● 軽妙洒脱でユーモア溢れる初期5短編収録
陸軍（上）	火野葦平	● 七十年にわたる陸軍と一家三代の因縁を描く
陸軍（下）	火野葦平	● 前線へ赴く兄弟たちの運命はいかに……
オールドボーイ	色川武大	● 〝最後の小説〟「オールドボーイ」含む短編集
三つの嶺	新田次郎	● 三人の男女を通して登山と愛との関係を描く
仲予	高橋揆一郎	● 未亡人と元教え子との30年振りの恋を描く

（お断り）

本書は1987年に小学館より発刊された『昭和文学全集　第12巻』を底本としております。あきらかに間違いと思われるものについては訂正いたしましたが、基本的には底本にしたがっております。また、一部の固有名詞や難読漢字には編集部で振り仮名を振っています。

本文中には床屋、頭がヘン、百姓、つんぼ、女中、痴呆、看護婦、花柳病、足りない女、白痴、頭が足りない、小使、ルンペン、女給、妾、密淫売、淫売婦、支那料理屋、商売女、苦力、ドイツ女、女給仕、女々しい、狂人、畜生、運転手、乞食、売女、片手落、痴愚、娼婦的、吃りなどの言葉や人種・身分・職業・身体等に関する表現で、現在からみれば、不当、不適切と思われる箇所がありますが、著者に差別的意図のないこと、時代背景と作品価値とを鑑み、著者が故人でもあるため、原文のままにしております。差別や侮蔑の助長、温存を意図するものでないことをご理解ください。

高見 順（たかみ じゅん）
1907年（明治40年）２月18日—1965年（昭和40年）８月17日、享年58。福井県出身。1935年に『故旧忘れ得べき』で第１回芥川賞候補となる。代表作に『如何なる星の下に』『昭和文学盛衰史』など。

P+D BOOKS とは

P+D BOOKS（ピー プラス ディー ブックス）とは
P+Dとはペーパーバックとデジタルの略称です。
後世に受け継がれるべき名作でありながら、現在入手困難となっている作品を、
B6判ペーパーバック書籍と電子書籍を、同時かつ同価格で発売・発信する、
小学館のまったく新しいスタイルのブックレーベルです。

故旧忘れ得べき

2022年1月18日　初版第1刷発行
2022年3月23日　第2刷発行

著者　高見 順
発行人　飯田昌宏
発行所　株式会社　小学館
〒101-8001
東京都千代田区一ツ橋2-3-1
電話　編集　03-3230-9355
販売　03-5281-3555
印刷所　大日本印刷株式会社
製本所　大日本印刷株式会社
装丁　おおうちおさむ（ナノナノグラフィックス）

2022 Printed in Japan
ISBN978-4-09-352432-2

P+D BOOKS